緑水館《グリーンアクアクラブ》であいましょう

Let 's meet in the green aqua club

谷崎 泉

IZUMI TANIZAKI presents

KAIOHSHA ガッシュ文庫

イラスト☆楢崎ねねこ

CONTENTS

緑水館であいましょう …… 9

おまけ …… 244

あとがき ★谷崎 泉 …… 254

★楢崎ねねこ …… 256

★本作品の内容はすべてフィクションです。
実在の人物・地名・団体・事件などとは一切関係ありません。

東京、二十三区から外れた郊外の街に、付近では名の知れたペットショップがある。「緑水館《グリーンアクアクラブ》」というその店の歴史は古く、既に開店から三十年近くが経っている。幹線道路を挟んで、東に一号店、西に二号店があり、本店とも呼ばれている一号店では主に犬や猫といったほ乳類のペットを扱っている。

本店で働いている従業員はアルバイトを含め、十五名弱。本店では動物の種類ごとに担当を分けており、犬担当、猫担当、うさぎ担当、ハムスター担当…など、それぞれに専門分野がある。その中でも一番人員が割かれているのは売り上げの多い犬で、江原恵《えはらけい》も犬担当のアルバイトとして働いている。

「……では、血統書はご用意ができ次第、ご連絡を差し上げます。何か困ったことや、心配なことがありましたら、すぐにご相談下さい」

「ありがとうございます」

緑水館本店一階。通りに面したガラス張りの明るい応接ルームで、江原は新しくトイプードルを迎えることになった家族への説明を終えたところだ。嬉しそうに茶色の子犬を抱いている娘は小学生で、彼女のたっての望みで初めて犬を飼うという夫妻には心配そうな気配も見える。

「江原さんに教えて頂いた通り、ケージやペットシーツや…色々用意はしたんですが、大丈夫かしらって」

「大変なことも多いでしょうが、犬はそれ以上の喜びをくれますから。おうちに慣れてきたらしつけも大切です。うちでもしつけ教室を行ってますんで、ぜひ顔を出してみて下さい」

「ありがとうございます。本当に江原さんには親切にして頂いて」

「いえいえ。…可愛《かわい》がってあげてね」

出入り口まで見送りに出た江原は、にこやかな笑みを浮かべて、子犬の入ったキャリーバッグを手にする娘に話しかける。長身で誰もがイケメンと認める江原に笑いかけられた娘は、恥ずかしそうにしながらも、小さく頷いて「ありがとう」と礼を言った。

お気をつけて、ありがとうございました…と客を見送り、店内へ戻った江原が応接席を片付けていると、「江原くんてさあ」という声が聞こえた。振り返れば、緑水館で犬部門の責任者を務めている吹石《ふきいし》が神妙な表情で立っている。

「本っ当〜に女性客の扱い、うまいよね」

「……。褒め言葉に聞こえないんですけど」

その強調の仕方は如何《いかが》なものかと、江原は目を眇《すが》めて吹石を見る。そんな江原の非難など聞こえていないような顔つきで、吹石は窓の外を眺めながらこれみよがしに呟《つぶや》いた。

「あの奥さんなんか、絶対に犬より江原くんしか見てなかったよね。しかも、娘まで。あの子、まだ小学校低学年とかでしょ」

「三年生とか言ってましたよ」

「江原くんに微笑まれて、まんざらでもないって顔だったなあ」

「そうですかね」

「犬より女子にもてるって、どうなの」

どうなんだろう。江原自身、分からなくて首を捻《ひね》った。仕事柄、犬にもてた方がいいような気もするけれど、一男子としては女子にもてた方がいいのか。江原は複雑な気分で吹石を見て、「いいじゃないですか」と返す。

「吹石さんは犬にもてもてなんですから」

「まあね。その点については我が人生に悔い無しなんだけどね」

力強く言い切る吹石は、どんな犬からももてもてだ。犬種も雄雌も問わず、吹石にかかれば犬という犬がいちころなのである。吹石自身も無類の犬好きであるから、まさに天職と言えよう。

「吹石さんだって、男子にもてるより犬にもてた方がいいんでしょ」

「もちろん」

「…まあ、俺も女子より犬にもてたいんですけどねえ」

溜《た》め息混じりに呟き、江原はまとめたファイルを手に、応接ルームから店の奥にあるバックヤードへ移動した。ブリーダーの手元から引き取られて来たばかりの子犬たちが入れられているケージの前まで来ると、後ろをついて来ていた吹石に、「この子なんですけどね」と一匹の子犬を指し示した。

「結構やんちゃで…。今朝も噛《か》まれちゃって」

「そう？　いい子じゃないの」

江原にとっては扱い辛い、元気過ぎる茶柴の子犬を、吹石はひょいと抱き上げる。江原が同じようにした時には、うーと唸《うな》り声を上げてすかさず噛みついてきたのに、何故か吹石の腕ではおとなしくしている。

「ほら、いい子にしてる。可愛いねえ、お前」

「マジっすか。おかしいな」

自分は抱き上げるのでさえ、抵抗されて大変だったのに。今朝は偶々《たまたま》機嫌が悪かったのだろうかと思い、江原は吹石から子犬を受け取ろうとした。すると。

「うー…」

「……」

受け取る以前に、威嚇《いかく》するように唸られてしまう。触れたら噛んでやる…とでも言いたげな子犬の様子に臆する江原を見て、吹石は可笑《おか》しそうに笑った。

「やっぱ、犬にはもてないね。江原くんは」

「…俺、本当は女子より犬の方が好きなんですよ。なんでその気持ちが伝わらないかなあ」

吹石が子犬を抱いている間にケージの掃除を済ませてしまおうと、江原は汚れていたペットシーツを剥《は》がす。江原に対しては威嚇してみせる子犬も、吹石の腕の中ではご機嫌だ。この隙を逃しては、また噛まれるのを覚悟で触らなくてはいけなくなる。

「江原くんも犬を飼ってみればいいのに」

「吹石さんみたいに実家住まいとかならいいんですけど。一人暮らしだとやっぱ色々不安ですからね」

「まあねえ。犬は散歩もあるし、外で働いてて一人暮らしだと考えるよね」

話しながらドリンクホルダーの水も換え、整えたケージ内へ茶柴を戻して貰う。吹石がつき合ってくれるついでに、他の子犬たちのケージも掃除してしまおうと、二人で作業を始めかけた時だ。「江原」と呼ぶ声が聞こえた。

「はい？」

「ちょっと来てくれ」

顔を覗《のぞ》かせたのは店長で、江原は吹石に後を任せてバックヤードから店へ出た。店内には三々五々客がいたが、混み合って手が足りないという様子もない。

「どうかしましたか？」

呼ばれたのには他に理由があるのだろうかと考えつつ、店長に尋ねる。緑水館の店長、犬塚《いぬづか》は四十半ば。豊かな顎鬚《あごひげ》と、頼りがいがありそうな恰幅《かっぷく》のいい体格の持ち主だ。実際、緑水館で扱っている動物全般に関する店長の知識は深く、従業員たちからの信頼も厚い。

仕入れも担当している店長は多忙で、店頭に出ることは余りない。店にも決まった時間に出て来ることはないので、その日、江原は店長がいるのも気づいていなかった。呼ばれた理由を聞く江原を手招きし、店長は店を出る。

「何処《どこ》行くんですか？」

「別館だ」

店長が「別館」というのは、幹線道路を挟んで向かい側にある、緑水館二号店である。スタッフの間では、犬や猫などほ乳類を扱う一号店が「本店」、魚類や爬虫類《はちゅうるい》を扱う二号店が「別館」と呼ばれている。

江原は緑水館でアルバイトを始めて間もなく一年になるが、入店以来ずっと犬部門で働いてきたので、別館に足を運んだことは数回しかない。魚にも爬虫類にも興味はなく、用事もなかったので、同じ店といっても全く詳しくなかった。

　向かい側にあるといっても、中央分離帯のある複車線の道路なので、少し離れた横断歩道を使わなくてはいけない。その横断歩道に向かう途中、店長が「実は」と話し始めた。

「レプタイルズの鰐淵《わにぶち》さんが倒れてな」

「はあ」

　別館に詳しくない江原は、店長が言う鰐淵さんというのが、誰なのかもよく分かっていなかった。ただ、店長が真剣な顔つきで「倒れた」というのだから、深刻な状況なのだろうと判断し、神妙に相槌《あいづち》を打つ。

「大丈夫なんですか?」

「十二指腸潰瘍とかで、いつ復帰出来るか分からないって言うんだ」

「それは大変ですね」

　それで…と続けかけた店長は、突然「走るぞ」と声をかける。江原が顔を上げれば横断歩道用の信号が点滅していた。幹線道路だけに、一度赤になってしまうと長い間待たされる。江原も店長と共に横断歩道を駆け渡った。

　そのまま勢いに任せ、別館まで走って行く店長を追いかける。結局、詳しい事情は分からないまま、江原は店長の後について何カ月振りかに別館へ顔を出した。

別館の一階では熱帯魚や淡水魚などを扱っており、大小様々な水槽が所狭しと並んでいる。鮮やかな色の魚が泳いでいる様は、見ているだけでも楽しい。さほど興味はない江原もつい目を惹《ひ》かれてしまう。

きょろきょろ辺りを見回しながら店長の後をついて行くと、どんどん店の奥へ向かっている。その突き当たりにある階段を見て、江原は厭《いや》な予感を抱いて歩みを遅らせた。まさか…まさかとは思うが店長は二階へ行くつもりなのでは？

別館二階は江原にとって禁断の場所だった。一度だけ覗いたことがあるのだが、絶対無理だと思い、それ以来、足を踏み入れていない。何故なら…。

「て…店長、何処へ行くんですか？」

「二階」

「む、無理です！　俺、二階は…」

戸惑って声を上げる江原を無視し、店長はさっさと階段を上がって行ってしまう。その背中はすぐに見えなくなり、江原は困り果てた。二階へ上がりたくない一心で、階段の下から「店長！」と呼びかけてみるが返事はない。

そのまま動かずにいるわけにもいかず、江原は大きな溜め息を吐《つ》いて階段を一歩ずつ上がり始めた。あれを…あれを見ないようにすればいいだけだ。自分に言い聞かせ、次第に高鳴ってくる心臓の辺りを押さえつつ、二階へ向かう。

神妙な顔で階段を上がりきった江原は、突き当たりにあるガラス戸を開け、「店長」と店内へ呼びかけた。すると、遠くから「ここだ」という声が返ってくる。

「こっち来て下さいよ」

「何言ってんだ。お前が来い」

緑水館、別館の二階では主に爬虫類を扱っている。トカゲやカメ、イグアナなどもいて、一階のアクアリウム部門のような派手さはないものの、爬虫類好きな客層は意外と厚く、常に客が絶えない。

正直、江原は爬虫類が好きではない。中でも、あるものが大嫌いで、そのせいで二階へは足を踏み入れたくなかった。だが、店長の命令にも逆らえない。ずらりと並ぶケージの中を見ないように意識しつつ、慎重に奥へと向かった。浴槽よりも大きなフラットタブと呼ばれる容れ物の横を通り、バックヤード近くの出入り口が見えてくると、その前に店長が立っているのが見える。

「店長～」

無事店長を見つけたのに安堵《あんど》しつつ呼びかけると、店長が一人でないのが分かる。その隣には優しげな面立ちの、ほっそりとした男がいた。店長の恰幅がいいから、余計に細く見えるのかもしれない。その男の方が先に江原に気づき、店長に教える。

「遅いぞ、江原。何してんだ」

「何って…いや、だから、店長。俺は…」

「上平《うえひら》。江原だ。猫の手よりは使えるって程度だろうが、よろしく頼む」

「いえいえ。助かります。…よろしくね」

にっこり微笑み、小さく頭を下げてくる相手に、江原は反射的にお辞儀してしまったものの、意味が分からず首を傾《かし》げる。猫の手よりは使える…というのはどういう意味だろうか？　それに上平の方が「助かります」と言うのは…。

今ひとつ意味が分からず怪訝《けげん》な思いでいる江原の前で、店長は上平と勝手に話を進めていく。

「ずっと犬部門にいたんだが、犬より女にもてる奴なんだ。犬には噛まれたり吠《ほ》えられたりばかりでな」

「そうなんですか。でもうちの子たちは吠えたりしませんから。噛む子は…いや、気をつければ大丈夫です」

上平はとても優しげな容貌をしていて、にっこり微笑まれると恐縮してしまうような雰囲気があった。長めの柔らかそうな髪を縛り、男性なのに肌が白く肌理《きめ》が細かい。年の頃は店長よりも若く、三十前後だろうと思われた。

上平自身はとても好感の持てる相手だったのだが、やはり、会話の意味が分からない。自分に向かってどうして「大丈夫」なんて言うのだろう？　疑問を解消する為に質問を向けたいのだけど、何をどう聞けばいいのか悩んでいる内に店長が忙しそうに時計を見た。

「あ、もうこんな時間か。上平、悪いけど、頼むな。それとサバクトゲオアガマの件、よろしく」

「了解です。ただ、オレンジ系の固体って指定だとちょっと時間がかかるかもしれないとお伝え下さい」

「だな。まあ、お前に任せるよ」

最後に、「頑張れよ」と店長からぽんと肩を叩《たた》かれた江原は、無言でその手をがしりと掴《つか》んだ。頑張れよ？　猫の手とか、助かるとか、頑張れとか。疑問がうまく口に出来なかったのは信じたくなかったせいだ。

これは…まさかと思うが…まさかと思いたいが…。

「店長…どういうことですか？」

低い声で確かめる江原の手を振り払い、店長は対抗するみたいなむっとした表情で言い返す。

「俺は忙しいんだ。後は上平に聞いてくれ」

「だから。何を聞くって言うんです？　ていうか、何を頑張れと？」

「だから！　言ったじゃないか。レプタイルズの鰐淵さんが倒れたって」

「それは聞きました。けど、それとどういう関係が…」

苛《いら》つきながら言いかけた江原はレプタイルズという言葉にはっとする。何気なく聞き流していたが、レプタイルズとは…爬虫類という意味だ。ということは…？

レプタイルズの鰐淵さんが倒れた…爬虫類部門に連れて来られた…爬虫類部門の担当者らしき上平に猫の手として紹介された…その上平には助かると言われた…最後に頑張れと励まされた…。

「じゃ、上平。よろしく」

「っ…‼　ちょーっと待てって言ってんでしょうがっ‼」

時系列を追って自分の身に起こっている恐ろしい現実を捉えていた江原は、またしても逃げて行こうとする店長を捕まえる。これは…どう考えても店長は爬虫類部門の助っ人として自分を差し出したに違いない。だが…だが、絶対無理だ。固くそう思い、江原は真剣な顔で店長に詰め寄った。

「マジで無理です！　俺、本気で爬虫類とか無理なんです‼」

「なんでも慣れだって」

「慣れません！　俺は…とにかく、あれが……あれだけは…っ…！」

口にするのも恐ろしく、想像するだけで背筋が寒くなる。この店内にも絶対にいる筈《はず》で、入った時から目にしないように気をつけているが、万が一、視界に入ったりしたら、大声を上げてしまうだろう。それくらい、嫌いなものがいるところで働けるわけなんてない。

だが、江原の訴えなど聞く気はない店長は無情に切り捨てる。

「うるさい！　女みたいにびーびー言うんじゃねえよ。大体、二十五にもなってバイトで子犬に噛まれてる自分を情けなく思わないのか、お前は。この辺りでびしっと根性入れてやってみろ。そしたら、正社員にしてくれってオーナーにも頼んでやるから」

「いや…店長、この場合、歳とか、バイトとか、子犬に噛まれるとか、関係ないんじゃないですか？」

「とにかく、俺は忙しい」

じゃあな！　と江原を乱暴に振り払い、店長はそそくさと逃げて行く。余りのことに呆《ぼう》然《ぜん》としてしまい、追いかけることも出来なかった江原は、「仕方ないね」と呟く上平の声ではっと我に返った。

「店長、いい人なんだけど、子供みたいなところがあるから。ちゃんと説明しないといけないよね」

「そ…そう…そうですよね！　こういうのって、生理的に無理とか、やっぱあるじゃないですか…」

「江原くんは何が駄目？」

「う…っ…」

自分が苦手なそれを思い浮かべただけで、江原は固まってしまう。挙動不審な感じで視線を揺らす江原の前で、上平は穏やかな笑みを浮かべている。その様子は動揺する江原に落ち着きを与えるものだった。外見もたおやかだし、口調も丁寧だ。上平と仕事をするのは悪くないなと思えるのだけど。

いかんせん、ここは爬虫類の天国だ。俺には無理だと、江原は力なく首を振る。

「本当に…すみません……。俺、やっぱり…」

「カメ…は大丈夫だよね。トカゲ……もいいのかな。じゃ、やっぱりヘ…」

「む…無理、無理、無理っ…無理です！」

「ああ、やっぱり」

言いかけた言葉を江原に大声で遮られた上平は、仕方なさそうな苦笑を浮かべる。「ヘビ」

という単語を聞くだけでも悪寒がするという、重度のヘビ恐怖症である江原は涙目ですみませんと頭を下げた。

「そういう理由でどうしても無理なんです。なんで…」

「じゃ、それ以外なら大丈夫なんだよね?」

「え…」

「カメとか、トカゲとか、イグアナとか。そういうのの世話なら出来るよね?」

「え…あ…その…」

「虫は平気?」

答える前に別の問いを向けられ、江原は自分の意志をはっきり伝えられないまま、頷くしかなかった。

「はい。その…手とか足とかがないのが生理的に駄目なんです」

「じゃ、へ…いや、あれ以外は全部いけるんだ?」

いける…のだろうか。いや、この場合、いけないと言った方がいいだろう。しばし悩んだ末、江原はそれでもここにはあれがいるから無理だと答えようとしたのだが、上平は微笑みを浮かべたまま、話を強引に纏《まと》めてしまう。

「安心して。苦手なことをやれとは言わないから。あれの管理は全部俺がやるから、それ以外を手伝ってくれるかな。前は三人で管理してたんだけど、バイトの子が急に辞めちゃって、人員補充出来ないまま、鰐淵さんが倒れちゃって。一人ではさすがにきつくて途方に暮れてたんだ」

上平はにっこり笑ってはいるけれど、目の下にはうっすらくまが浮かんでおり、疲れた雰囲気が窺《うかが》えた。確かにこのフロアを一人で管理しているとなると、猫の手でも借りたい状況であるのは素人《しろうと》の江原でも理解出来る。だが…。

「あ、あの、すみません。上平さんが大変なのは分かるんですが…俺には…」

「店長ね」

無理…と口にする前に、上平に柔らかく遮られる。上平は口調も静かで、声も穏やかなのだが、逆らえない迫力があった。微笑みを浮かべながらも、上平に並々ならぬ決意があったせいもある。

「いつも忙しい人じゃないか。人員補充についても何度も何度も言って、ようやく連れて来てくれたのが江原くんなんだよね」

「で…でも、俺は…」

「逃がさないよ」

笑顔なのに上平の目は笑っていない。押しに弱いところのある江原は何も言えなくなって、爬虫類部門で働くことに同意するしかなくなったのだった。

大学を卒業後、江原は大手コンビニチェーンに就職したのだが、仕事の内容が合わず、半年ほどで離職した。その後は居酒屋や宅配便のアルバイトなどを転々とした後、偶々、配達で訪れた緑水館で求人が出ているのを見て、ペットショップで働くというのも面白そうだなと思い、応募した。生き物相手の仕事は中々大変でもあったが、楽しくもあって、今まで続けてこられた。

緑水館で働き始めて一年余り。辞めたいという気が一度も起きなかったのは、根っから犬好きで噛まれても吠えられても、世話をするのが楽しかったからかもしれない。

「はあ……」

翌朝。江原は大きな溜め息を吐きながら、緑水館別館の裏口に自転車を停めた。今日から江原の通う先は本店ではなく、その向かいに建つ別館に変わった。問答無用で配置転換を命じられ、超苦手とするヘビのいる職場で働かなくてはいけなくなった江原は、初めて「辞めようかな」という気持ちを抱いた。それでも根が生真面目なので、後先考えずに辞表を出すことなどは出来ず、今朝もいつも通りに出勤して来た。

緑水館では本店も別館も営業時間は午前十一時から午後八時までとなっている。ただ、動物たちの世話などがあるので、早番遅番などのシフトが組まれており、従業員の出勤時刻はおおよそ九時と決められている。それも、それぞれの担当している動物たちの具合などによっても変わってくる。

盗難防止などの為、オートロックで管理されている裏口のドアを暗証キーで開け、中へ入る。時刻は九時前で、一階のバックヤードに人気はない。昨日はテンパってしまって何時に出ればいいか聞かなかったので早めに出て来たが、上平もまだだったら外で待っていようと消極的な考えを抱きつつ二階へ上がると、電気が点っていた。

「上平さん？」

「ここ」

心許《こころもと》なげな声で呼びかけた江原に、フロアの何処かから上平の声が応える。下手に動けばあれを見てしまうかもしれないので、江原はバックヤード近くから「おはようございます」と続けて挨拶した。

しばらく待っていると上平の姿が現れる。まだ早い時間の筈なのに、今来たばかりという雰囲気はない。改めて、爬虫類部門の担当者は上平だけなのを思い出し、心配になって聞いてみた。

「俺、遅かったですか？」

「いやいや、遅くはないよ。…って、今何時？」

「もうすぐ八時半です」

「もうそんな時間？　腹減るわけだ」

驚いたように言う上平は一体、いつからいるのだろう。訝《いぶか》しく思って尋ねる江原に、上平は首を傾げつつ、「六時くらいかな」と答えた。

「六時って…そんな早く？　え…上平さん、昨夜は？」

「うーん……店を出たのが…二時くらいだったかなあ」

「全然寝てないじゃないですか！」

驚いて声を上げる江原に、上平は苦笑して、それでも世話が間に合わないのだと告げる。

「今日から江原くんが入ってくれるから、少しはマシになるかなって」

「……」

嬉しそうに言う上平に、江原は本心では辞めたいと思っているとはとても言えなかった。あれが嫌いだからといって、辞めてしまったら上平はこのまま一人で過酷な労働を続けなければいけない。自分が猫の手になれるのなら…と思ってしまうのが、江原の人のいいところだ。

「俺が一人で出来ることがあればやってきますんで。上平さん、何か買って来て食べて下さい」

「ありがとう。じゃ、こっちの…ヤモリのケージを掃除したいから、頼めるかな。掃除の仕方は…この下の受け皿を外して水洗いして……。小さいから見逃さないように気をつけて。ケージごとに…ここに、入ってる個体数が書いてある。最後に確認しておいて」

「了解です」

昨日、上平から近づいてはいけない場所…ヘビのいるところだ…については説明を受けた。そこさえ押さえていれば基本的に動物の世話という点では、今までと同じような仕事である。

「……静かだけどな…」

子犬たちは朝からハイテンションで、吠えられたり噛まれたりと大忙しだった。夜の間にシーツをびりびりにしていたり、うんちまみれになっていたり。大体、朝は戦争だったけれど、爬虫類たちはうるさく鳴いたりはしないので、店の中はしんとしている。

黙々と作業していると、間もなくして上平が戻って来た。コンビニで買って来たおにぎりを頬張《ほおば》りながら、江原に指示を出す。

「江原くん。それが終わったら、カメレオンの方、頼めるかな」

「カメレオン？　カメレオンなんているんですか？」

「ああ。結構メジャーだよ。知らなかった？」

はい…と頷く江原を連れ、上平はカメレオンのケージが並ぶ場所へ連れて行く。江原が苦手とするヘビのエリア近くで、怯《ひる》みそうになったが、好奇心の方が勝った。

「わ、本当だ。俺、カメレオンの本物って初めて見たかも。意外と小さいんですね？」

「この子たちは幼体だからね。種類にもよるんだけど…ほら、こっちのエボシカメレオンなんかは大きいだろ」

「爬虫類でも子供の方が人気があるんですか？」

「ああ。犬や猫と一緒で、やっぱり、大きく育てていくのが楽しいから」

三十センチ近くあるエボシカメレオンは木に留まったまま、じっとしていて動かない。枝に巻き付いた尾は長く、くるくると丸まっている。カメレオンのユニークな姿に興味を惹かれ、ケージの中をじっと覗き込んでいた江原に、上平は苦笑して注意した。

「江原くんが興味を持ってくれるのは嬉しいけど、余りじっと見るとストレスになるから」

「え、そうなんですか？」

「カメレオンはデリケートでね。ストレスに弱いんだよ。ほら、元々擬態する生き物じゃないか。敵から見つからないように擬態しているわけで、それをじっと見ちゃうとね。見つかったと思って、慌てるわけだ」

「じゃ、世話する時も見ないように……？」

「神経質になり過ぎる必要はないんだけど、一応、注意点として。で、木に掴まっているのを無理に剥がしたりしないように。……こんな風に誘導して……」

異動することが決まってしまい、元の上司である犬部門の吹石に挨拶に行った際、上平について聞いてみた。会った感触通り、穏やかで優しく人間が出来ていると評判らしく、その上、爬虫類に関しては業界で有名なくらい、博識とのことだった。

話通りにカメレオンについても上平の知識は豊富で、立て板に水のごとく教えてくれる。それを熱心に聞きながら、世話の仕方についても学んだ。カメレオンだけでも何種類もいて、ケージも幾つもあるので大変だ。

「じゃ、後は頼めるかな。俺は他の世話をしてくる」

「了解です」

カメレオンはおとなしいし、その外見はユニークで見ていると次第に愛着が湧いてくる。ヘビだけでなく爬虫類全般は好みでないと思っていたのに、例外もあるんだと思いつつ、江原は熱心に掃除をしていった。

目を合わさないように…けれど、それとなく様子を観察しながらカメレオンの世話をしているとあっという間に経っていた。「おはようございます」という声にはっとして顔を上げると、初めて見る顔がある。

「おはようございます。…あ、本店から来た江原です」

「レジ担当の鳥海《とりうみ》です」

ぺこりと小さく頭を下げるのは、髪を金色に染め、長いつけまつげをつけた隙のないメイクの、若い女性だ。耳にも鼻にもピアスをつけており、指輪や腕輪といったアクセサリーもじゃらじゃらさせている。ハードテイストなファッションも不思議と爬虫類売り場にはよく似合う。

昨日、江原が店長に連れて来られた際、レジを任されていたのは馬場《ばば》という男性のバイトだった。聞けば、二人で交代で回しているのだという。

「上平さんのヘルプに来たんですよね。よかった。鰐淵さん、倒れちゃって、上平さん一人でどうなるのかなって心配だったんです」

「俺も素人なので、あんま助けにはならない感じなんですが。色々教えて下さい」

外見はギャルであっても、このフロアのレジを担当しているのだから、自分よりは爬虫類全般に詳しいだろう。それに派手な容姿には似合わず、話し方はしっかりしている。

にっこり笑って頼む江原に、鳥海は軽い感じで肩を竦《すく》めた。

それから間もなくして、開店の時間を告げる放送が流れる。一般の店とは違い、開店と同時に大勢の客が詰めかけるということはない。それでも、開店時間を過ぎると、ぽちぽち客が入って来る。

犬部門の時もそうだったが、緑水館では店側から購入を勧めることはしない。販売しているのが生体であるが故、愛情を持って迎えてくれる相手にしか売らないという、オーナーのポリシーが影響している。爬虫類部門では特にそれが顕著なようで、客側もマニアックだという。

「平日の昼間なんて、来るお客さんは決まってるんです。時間も」

「時間も？」

レジが暇な時は鳥海も掃除や餌やりなどの世話を手伝っていた。上平からカメの世話を頼まれた鳥海は、ついでにカメたちの餌やりや状態確認の仕方を江原に指導しながら、店の状況も教える。

「開店してすぐに来る人とか、昼の休憩時間に来てるんだろうなって人とか。わんこの方もそんな感じじゃありません？」

「そうだな。確かに…毎日、見かける顔はある」

「夜は仕事帰りのサラリーマンとかが多いですね。まあ、爬虫類なんて飼おうって人は犬とかと違って限られてるので、お客さんの方が詳しい場合が多いし。それにうちは上平さんが厳しくて、思いつきで飼おうとするお客さんにはすぐには売らないんで、あんま不安はないですよ」

「不安って？」

「この人、本当に飼えるのかなって。すぐに死なせちゃうんじゃないだろうかとか。わんこだってあるでしょう？」

「ああ、分かる」

鳥海の言う意味はよく分かり、江原は大きく頷く。犬部門でも初めて犬を飼うという相手には、熟考を勧めている。すぐに決済して引き渡したりはしない。ペットはどんな生き物でも飼う側に大きな責任がかかってくる。それを背負えないような相手に譲るのは、店側にとっても哀しいことだ。

「鳥海さんも何か飼ってるの？」

「私はリクガメちゃん、飼ってます。可愛いですよ～。江原さんもどうですか？」

「カメかあ」

目の前にいる小さなカメを見ていると、確かに可愛く思える。けれど、自分で飼育したいとまでは思えない。どうせ飼育するなら…。

「俺、さっきも言ったけど、あれが苦手で、爬虫類全般駄目だって思ってたんだよ。でも、今日、可愛いなって思ったやつがいてさ」

「カメ？」

「いや。カメレオン」

江原の意見に鳥海も同意し、確かに可愛いと高い声を上げたが、飼うのはちょっとと首を傾げる。

「でも、カメレオンは飼育難しそうですよ。ストレスに弱いっていうし」

「うん。みたいだね。俺には無理だろうなって思う」

「リクガメ、いいですよ〜。丈夫だし」

誰しも自分の好きな種類を勧めたくなるものなのだなと思い、江原は苦笑する。吹石にも彼女が飼っているラブラドールレトリバーを飼うようにずっと勧められていた。犬に比べれば、たぶんカメの方が圧倒的に手間はかからないのだろうけど、一人暮らしの身の上で生き物を飼う勇気は出なかった。

夕方になると、鳥海は男性バイトの馬場と交代し、帰って行った。一日で様々な種類の動物たちの世話をしたが、雑用は減らず、夜になっても江原は忙しく働いていた。そして、閉店時間である八時まで、一時間を切った頃だ。

鳥海が言っていた通り、七時近くになるとスーツ姿のサラリーマン客が入れ替わり立ち替わりやって来るようになった。大抵がぐるりと店内を一周して帰って行く。不思議に思って上平に聞いてみると、新しい個体や、珍しい個体が入荷していないか、確認しに来る客が多いのだと言う。

「レアものとかだと、入荷してすぐに売れちゃったりするからね。マニアックなお客さんが多いから」

「なるほど」

希少種ほど好まれるというのはマニアの世界ならではだ。犬の場合、やはりポピュラーで人気のある犬種が好まれる。何がレアで、何が普通かも分かっていない江原は、日々勉強していくしかないなと思いつつ、空のケージを運んでいた。

「…っ」

両手でケージを抱え、通路の中央を歩いていた江原は何かにぶつかったのに驚いて前を覗く。ケージが大きくて前が見えていなかった。

「あ、すみません！」

「……」

通路の右側にスーツ姿の若い男が立っており、ギロリと睨《にら》んでくる。わざとじゃないし、謝っているのに…と不満に感じられるような睨みようだった。清潔感のある紺色のスーツに白いシャツ、控え目な柄のネクタイ。髪も短く切られており、サラリーマンでも堅い立場にあるのだと想像がつく。年齢は江原よりも少し上の、三十前後。きりっとした目元や小さめの顔はイケメンの部類に入るのだろうが、如何《いかん》せん、その表情が険しいだけに到底魅力的には見えなかった。

「…すみません」

そこまで睨まれる覚えはなかったが、相手は客だ。一応、再度謝って軽く頭を下げる。その男は何も言わず、眉を顰《ひそ》めてふいと顔を背けた。かちんとくる態度に苛立ちを覚えても、客に食ってかかるわけにはいかない。気にしないでおこうと思い、身体を斜めにして、その客の後ろを通り抜けた。

厭な客というのは何処にでもいる。いちいち相手にしていたらきりがない。そう考えて無視しようと思ったのだが、その客が見ているものが気になった。彼が立っているのはカメレオンのケージの前で、中にいるカメレオンを凝視しているように見える。

カメレオンは見られることをストレスに感じる…と習ったばかりの江原は、その態度が気になってしまい、つい注意してしまった。

「あの、余りじっと見ないでくれますか。ストレスかかっちゃうんで」

「……」

江原自身、自分が爬虫類に関してど素人である自覚はあった。だから、その日一日、客と目を合わせないようにして、息を潜めていた。なのに、そんな風に声をかけてしまったのは、相手の態度の悪さと根拠のない確信が原因していた。

至近距離からケージ内を覗いていた男は、注意されたのが信じられないというような顔つきで江原を見返した。眉を顰めた顔には怪訝な表情が浮かんでいる。間違ったことは言っていないという自信のあった江原は、更に続ける。

「カメレオンってストレスに弱いんですよ」

「……」

それを聞いた男は険相を深くし、あからさまな溜め息を吐いた。如何にもバカにしているようなその仕草に、江原はまたかちんとくる。

「あのですねえ…」

「江原くん?」

迷惑な客だと憤慨しつつあった江原は、上平の声に振り返った。どうしたの？　と聞く上平は江原の前にいた男を見て、すっと表情を緩める。

「瀬戸《せと》さん。こんばんは」

「……。どうも…」

上平がにこやかに挨拶するところをみると……常連なのだろうか。カメレオンをじっと見つめちゃいけないということさえ知らないのだから、自分と同じ素人の客なのだと江原は考えた。それにマニア客たちは店内をさっと一周して帰って行くのに、立ち止まって凝視していることからも興味本位の客なのだろう。そんな思い込みから、注意した方がいいと…思ったのだが。

もしかして、注意しちゃいけない相手だったのか。しまった…と内心で焦る江原の前で、瀬戸と呼ばれた男はぼそぼそとした口調で上平に尋ねる。

「…鰐淵さんの代打ですか？」

「はい。本店から来て貰ったんです。俺だけじゃ追いつかなくて」

「…本店って、犬とか、猫とか売ってる方ですよね？」

はい…と頷く上平から江原へと、瀬戸は視線を移す。その目には思い切りバカにしているような気配があり、江原はむっとしたのだが、素人なのは事実だ。ぐっと堪え、軽く頭を下げて、その場を離れた。

通路を曲がるところでちらりと背後を見れば、瀬戸は上平と熱心に話し込んでいる。なんて感じの悪い客だ。それが江原の瀬戸に対する第一印象だった。


つまり、第一印象は最悪だったわけだ。

「さっきの人って、よく来るんですか?」

瀬戸が帰ったのを見計らい、江原は上平に尋ねてみた。一応、感情を抑えていたのもあり、上平は江原の気持ちには気づかず、普通の顔で「ああ」と答えた。

「ほぼ…毎晩かな」

「毎晩?」

「多いよ。毎日、仕事帰りに寄ってくれるお客さん。瀬戸さんはカメレオンを飼ってて、勉強熱心な人だから、こっちも色々教えて貰えるんだ」

カメレオンを飼っている…という上平の言葉に、江原はどきりとする。バカにしたように見てきたのは、それなりに自信があったからだったのだ。だが、瀬戸の態度は上平が言っていたことに反するものだった。

「でも…あの人、カメレオンをじっと見てましたよ。そういうのって、よくないいんじゃないんですか？」

「あー…うん。でも、瀬戸さんはその辺、慣れてるっていうか…。うまく気配を消してるんだろうね。瀬戸さんはちゃんと心得てるから、大丈夫だと思うよ」

「気配を消してるって…」

それこそ、カメレオンじゃあるまいし…だ。最悪な初対面で瀬戸を気に入らなく思っていた江原は、怪訝そうに眉を顰める。瀬戸にしてみれば、自分の注意は「ど素人が俺様に注意するなんて、百年早い」といったところだったのだろう。

けど、誰だって最初は素人だ。ちょっと注意した自分を睨んでバカにするなんて、心が狭すぎる。二度と会いたくないなと思うけれど、毎晩来るというのだから、また出会ってしまう可能性は高い。

うんざり気分でいたのに、上平にとんでもないことを勧められる。

「江原くんも瀬戸さんに色々教わるといいよ。カメレオン、興味あるみたいだっただろう」

「ま…まさか！」

結構です…と首を横に振り、有り得ないと断った。カメレオンを可愛く思い始めているのは事実だが、あんな奴に教わりたくない。それこそ、超上から目線でむかつくことをたくさん言われそうだ。

そんな風に予想して、江原は瀬戸を見かけたら近づかないでおこうと決めた。向こうも自分を気に入らなく思っているだろうし、ど素人を相手にもしない筈だからちょうどいい。

そう思っていたのに。

翌日。江原はその瀬戸から声をかけられてしまった。

「すみません」

バックヤード近くで到着した宅配便を開封していると、声をかけられた。何気なく振り返った先には瀬戸がいて思わず息を呑《の》む。彼が来ていたのにも気づいていなかった江原は、表情を険しくしてしまわないように気をつけながら、「はい」と答えた。相手は客である。無視するわけにはいかない。

「餌用のコオロギ、お願いしたいんですけど」

「あー…それは上平さんに……」

「上平さん、他のお客さんの接客してるんで」

無愛想な物言いや、無表情な顔からは、お前しかいないから声をかけてるんだという本音が見えてきそうな気がする。江原は仕方なく立ち上がり、上平の元へ向かった。まだ爬虫類部門に来て三日目で、ケージや店内の掃除、餌やりなどしかしておらず、よく分かっていない。

上平は瀬戸の言った通り、他の客の対応をしていたが、最悪なことに江原が苦手とするヘビのエリアにいた。

「上平さん…！」

とてもそっちへ近づくことが出来ず、江原は離れた場所から上平を呼ぶ。だが、客と話し込んでいる上平は江原の声に気づかない。

「上平さんってば！」

「何してんの？」

そんな江原を見て、背後にいた瀬戸が怪訝そうに尋ねる。ヘビが苦手で近づけないという事実を知られたら、更にバカにされそうな気がして、江原は答えなかった。

「上平さ～ん！」

「近くまで行けばいいのに」

「……」

近くに行けない事情があるから仕方なく、こうしているのである。文句があるならお前が呼びに行け…と言いたくなったが、ぐっと堪え、江原はレジへ向かった。時間的に鳥海は帰ってしまっているが、レジ担当の馬場がいる。彼にコオロギの場所を聞こうとしたのだが、タイミング悪く、馬場も忙しそうだった。

複数の客を相手にして、レジを打ったり、注文に応えたりしている馬場に中々声がかけられない。困ったな…と思う江原に、後ろをついて来ていた瀬戸がぼそりと呟く。

「…だから、あんたに声かけてんじゃん」

「………。少々お待ち下さい」

使えないと分かっている相手に頼んだのは、それなりの理由があったからだ。むすっとした顔でそんなぼやきを口にする瀬戸を睨んでしまいそうなのを耐え、江原はバックヤードへ向かう。こうなったら自分だけでなんとかしてやろうじゃないか。

気合いだけは大きくバックヤードに入ったのだが、物が多すぎて混沌《こんとん》としており、何が何処にあるのかさっぱり分からない。午前中、カメレオンに餌をやったのだが、その際も上平が何処かから出して来てくれたのを、与えていた。

上平は何処から持って来たのだろう。あそこでもない、ここでもない。必死で探していると、またしても瀬戸の声が聞こえた。

「反対側の、右側の棚の上じゃないの」

「え…」

振り返れば、仏頂面の瀬戸が腕組みをして立っている。関係者以外立ち入り禁止となっているバックヤードに入らないで下さい…と注意するよりも、その言葉が助けに思えた。瀬戸に言われた通り、背後の棚の右方を見れば、午前中に見た覚えのあるケースが積まれている。

「あ…あった！　よかった〜！」

「……」

思わず喜んで声を上げてしまった江原は、はっとして瀬戸を見た。無言だが内心ではさもバカにしていそうである。でも、これで瀬戸におさらば出来ると思い、ぐっと呑み込みケースを下ろした。

「どれだけいりますか？」

「その、上のケースを二つ。自分でレジに持って行くから」

「ありがとうございます」

瀬戸みたいな相手とはさっさと別れるに限る。愛想笑いを浮かべ、江原は瀬戸にケースを差し出した。その時、早くしようという焦りが出て、足下に置かれていた箱に躓《つまず》いた。

「っ……」

手にしているケースを落とさないようバランスを保ちつつ、なんとか転ばずに済んだが、箱は倒れて蓋が外れてしまう。慌てて、箱を元に戻そうとしゃがみ込んだ江原は、彼にとっては世にも恐ろしい光景を目の当たりにすることになった。

「っ……‼」

箱に入っていたのは江原が大嫌いなヘビの幼体だった。小さなヘビがにょろにょろ床の上を動き回っている。視界に入るのも避けているヘビが、ミニチュアサイズとはいえ、目の前でにょろにょろしている様をばっちり目にした江原は、何もかもを忘れて叫び声を上げる。

「ぎゃー‼」

「な…なんだよ。どうした⁉」

余りに悲壮な叫び声に、近くにいた瀬戸が慌てて江原の傍に近寄る。江原は相手が誰なのかも忘れ、縋《すが》るようにして瀬戸の腕を掴み、その背中に隠れた。

「っ…へ…へ…へっ…‼」

「へ？　……ああ、なんだ。ボールパイソンじゃん」

江原の足下にいたヘビに気づいた瀬戸は、それをひょいと持ち上げ、箱に戻す。それから蓋を閉めずに、中で蠢《うごめ》いているヘビの様子を覗き込んだ。

「綺麗《きれい》な色の子だな。パステルっていうんだっけ？」

背後にいる江原に箱の中が見えるように持ち上げ、瀬戸は何気なく尋ねる。大嫌いなヘビを見せられ、江原は倒れてしまいそうな気分で派手に首を横に振った。

「むっ…無理っ…！　無理、無理…！」

「なんだヘビが嫌いなのか」

脂汗でも流しそうに焦っている江原の様子は実に分かりやすいものだった。瀬戸はつまらなそうに呟き、下に落ちていた蓋を拾って閉める。ヘビの姿が見えなくなると、江原は「はーっ」と大きく息を吐き出した。そこへ叫び声を聞きつけた上平が慌ててやって来る。

「どうした？　なんかあった？」

「あ…あ、う…うえひら…さ…っ」

「上平さん。ヘビ嫌いで大丈夫なんですか？」

まだショックが残っていてしどろもどろで呼びかける江原の横から、瀬戸が呆《あき》れ顔で尋ねる。瀬戸が手にしている箱を見て、上平は何が起きたか悟ったようだった。

「もしかして逃げ出してました？」

「いや。この人が躓いて、中身に驚いてただけです。捕まえて戻したから大丈夫ですけど」

「ありがとうございます。助かりました」

江原だけだったら叫んで逃げ出して、ヘビをすぐに戻すなんて出来なかっただろう。ばたばたしている間に隙間などへ逃げ込まれたら厄介なことになる。小さな幼体だと探すのも大変なのだ。

「でも、瀬戸さん、どうしてここに？」

「餌が欲しかったんですけど、上平さんもレジの子も忙しそうで、仕方なく、この人に頼んだんです。でも、分からないみたいで…ちょっと失礼して入らせて貰って、場所を教えて…そしたら躓いて叫んで…」

「……」

瀬戸の説明は間違っていない。まさにその通りなのだが。当の本人である江原にとっては実に耳の痛い内容だった。自分のことだとは思いたくない。ものすごく使えない人間のような気がしてくる。

その場にいるのが居たたまれなくなり、江原は手にしていたケースを瀬戸に押しつけるようにして渡した。それから「すみませんでした」と低い声で謝り、一人でバックヤードを出る。

悪いのは自分だ。迷惑をかけたのも自分だ。分かっているのに、素直に反省出来ないのは相手が瀬戸だからだろうか。もやもやする気持ちを解消出来ず、江原は八つ当たりみたいに、やっぱり瀬戸とは関わり合いたくないと改めて思っていた。

しかし。その翌日も江原は瀬戸から声をかけられた。

「あのさ」

さすがに声を覚えて、今度は振り返らなくても誰か分かった。小さく息を吐き、江原は無表情な顔で「はい」と返事しながら後ろを向く。案の定、瀬戸が立っていて、うんざり気分でそれとなく店内を窺った。

ちょうどレジが見える位置にいたのだが、昨夜とは違い、レジ担当の馬場は暇そうにしている。反対側を見れば、離れた場所にいる上平も誰かの相手をしている様子は見えなかった。

今日は仕方なく自分に声をかけて来たわけじゃないのだろうか。だったら、何故? 自分みたいな素人に瀬戸は用などない筈なのに。不審に思う江原に、瀬戸は「昨日」と切り出した。

「俺、なんか悪いことした?」

「……」

余りに思いがけない話だったので、江原は何を言われているのかすぐに理解出来なかった。昨日…と言えば、コオロギの場所が分からず、あれの入った箱に躓いて…と思い出して、江原は小さく身体を震わせる。しっかり見てしまったヘビの姿はまだ記憶に新しい。背筋が寒くなるのを感じつつ、首を横に振った。

「いえ。…どういう意味ですか?」

厭なことを思い出させるなあ…という思いがあったから、聞き方もつい剣呑《けんのん》な感じになった。江原は背も高く、普段は愛想のいい男前だ。だから余計に、表情を消すとむっとしているように見える。

瀬戸はそんな江原の態度に戸惑っているような様子を浮かべながら、眉を顰めてぼそぼそとした口調で言った。

「怒ってるみたいだったから」

「……。別に怒ってません」

否定しつつも、心当たりのあった江原は困った気分で頭を掻《か》いた。最初に睨んできたのは瀬戸の方だし、昨夜だって如何にもバカにしたような態度だった。だから自分も…と思って、江原は考え直す。

確かに、瀬戸は無愛想でかちんとくるところもある。だが、それが元々の性格なのだとしたら？　瀬戸が聞くように、彼は何か悪いことをしたわけじゃない。コオロギの場所を教えてくれて、ヘビも戻してくれた。瀬戸に助けられたのは事実なのに、あそこで逆ギレみたいな謝り方をして、ケースを押しつけて立ち去った自分の方が……。

悪いことをした、に違いない。

「…すみません。色々…追いつかないことが多くて…テンパってるんで」

あくは強いけど、悪い人じゃない…って客は結構いる。瀬戸もそういうタイプなのかもしれない。そう思い、江原は改めて詫《わ》びた。そんな江原に瀬戸は小さく息を吐き、「じゃ」と続ける。

「八つ当たりだったってわけ？」

「……」

いや、だから。やはりこいつのこういうところが嫌いだと思い、江原は再び無表情になる。

「そういうつもりはありません」

「大体、ヘビが嫌いなのに爬虫類のショップで働こうっていうのに無理があるんじゃないの」

「俺だって好きで働いてるわけじゃ…」

「好きじゃないのにやる仕事じゃないと思うよ」

「色々あるんです！」

なんで、こう、瀬戸は自分を腹立たせるようなことを言うのだろう。苛つきがピークに達し、江原は思わず声を大きくして言い切った。静かなショップ中に江原の声は響き、すぐに上平が飛んで来る。

「どうした？　また何かあった？」

「……何もないです。…失礼します」

上平に後を押しつけるようで申し訳なかったが、それ以上瀬戸の近くにいたら、また言い合いになる気がして、江原はその場を逃げ出した。本当に厭な奴だ。心配して声をかけてきたとかではなくて、自分の正当性を確かめたいが為に問いかけてきたのか。自分の方が悪いという気持ちは大きくても、これでは反省など出来ない。

むかむかしながらバックヤードに入り、片付けをしていると、しばらくして上平がやって来た。上平に迷惑をかけたかも…と思い、「すみませんでした」と頭を下げて詫びる。だが、上平は瀬戸から何も聞かなかったらしく、「何が？」と不思議そうに聞いてくる。

「…あの、瀬戸さんですっけ。何か言ってませんでしたか？」

「瀬戸さん？　いや、謝るようなことは何も…。何かあったの？」

「……」

言わない方がいいかとも思ったが、瀬戸は毎晩来るようだし、苦手だと伝えておいた方が今後の為でもある。自分が悪いのは分かっているが…という前置きと共に、一連の話をした。

「瀬戸さん自身に悪気はなくても…なんか、棘《とげ》みたいなものを感じるっていうか。どうせなら無視してくれればいいんですけど…」

「瀬戸さんねえ。悪い人じゃないよ」

「それは分かります」

でも、自分にはむかつく相手だ。子供じみてるかもしれないが、性格が合わないと伝えようとした江原に、上平は意外な話をする。

「でも、瀬戸さん、さっき江原くんのことを心配してたよ？」

「え…？」

「江原くん、へ…いや、苦手なものがあるのに、ここでやっていけるのかって」

「それは…っ…俺が気に入らないから…邪魔だと思って言ってるんですよ」

偏見めいた確信を抱いて言い切る江原に、上平は「そうかな」と首を傾げる。そうですよ…と言いながらも、江原は小さなもやもやを抱えていた。瀬戸は江原にも無理があるのではと言った。同じことを上平に言われたのだったら？　素直に受け取って、心配してくれているのだと感じられたかもしれない。

何が悪いのか。瀬戸の口調か。仏頂面に見えるあの顔か。複雑な気分を抱いて、上平に瀬戸について尋ねる。

「瀬戸さんって何してる人なんですか？」

「瀬戸さん？　確か……家電メーカーに勤めてるんじゃなかったかな」

その後に上平が続けたメーカー名は、江原が新卒採用の際、面接で落ちた会社のもので、別の意味で複雑になった。とことん、自分と瀬戸は合わないように出来ているのだろう。やはり自分の方から避けるしかないと思い、密かに溜め息を吐いた。

瀬戸が姿を現す午後七時前後は店にいないようにしようと、江原は決めた。翌日からそれを実行するつもりだったのだが、生憎《あいにく》、翌日は週休二日制の会社は休みの土曜であった。なので。

「………」

開店時間である十一時を過ぎ、しばらくして何気なくカメレオンのケージが並ぶエリアを通りかかった江原は、瀬戸の姿を見つけてフリーズした。なんで？　と思うのと同時に、土曜であるのを思い出す。

「そうか……、会社が休みの日は…」

朝から来るのか…と小さくぼやき、瀬戸に見つからないようにこっそり隠れる。幸い、カメレオンの世話は終わっており、そちらへ近づく用はなかった。だから、帰るまでの辛抱だと思っていたのだが。

三十分経っても、一時間経っても、瀬戸の姿は消えない。土日は客が多く、予約や取り置きしてあった個体を持ち帰る客も多い。その為、レジも二人体勢になっており、手の空いていた鳥海に近づき、瀬戸について聞いてみた。

「なあ。…あの、カメレオンのケージの前にいる人。知ってる？」

「え？　…ああ、知ってますよ。いつもカメレオンの前にいる人ですよね」

「いつもって、土日ずっと？」

「朝からとか、昼からとか、現れる時間帯は決まってないですけど、来ると三時間は固いですよ」

三時間。そんなに長い間、カメレオンを見ているのかと驚いて尋ねる江原に、鳥海はマニアなんてそんなものだと肩を竦める。

「私だってカメ見てるとあっという間に時間経ちますし」

「……」

それにしたって、三時間というのは。瀬戸を見つけたのは開店からすぐだったから、十一時として、二時まではいることになる。億劫に思いつつ、バックヤードへ入った江原は「ちょうどよかった」と言う上平の声に振り向いた。

「あ、おはようございます」

毎朝、早くから出勤する上平だが、今日は所用で遅れると前もって聞いていた。ブリーダーに個体を受け取りに行くとのことで、昼頃になるという話だった。

その上平の姿を見て、江原は軽くお辞儀して挨拶する。上平は江原を手招きして呼び寄せ、「いいもの、見せてあげる」と笑みを浮かべて言った。

「いいもの？」

上平は両手で大切そうに持っていた運搬用の小さなキャリーバッグを近くの作業台へ置き、江原にも見えるように蓋を開ける。中には産まれて間もない、小さなジャクソンカメレオンの幼体が入っていた。

「小さ！　可愛いですね。これで産まれてどれくらいですか？」

「十日くらいかな。ねえ、瀬戸さん来てる？」

「……」

来ている…のは知っているけれど、すぐに「はい」と答えられなかった。微妙な間を空ける江原を、上平は困った顔で見る。

「そんなに嫌われるような人じゃないと思うんだけどな～」

「別に嫌ってませんから。来てますよ。開店間もなくの頃からずっとカメレオンのエリアにいます」

「呼んで来てくれる？　見て貰いたいんだ」

「……」

非常に不本意な頼みだったが、断ったら上平に気苦労をかけてしまいそうで、江原は渋々頷いた。バックヤードを出て、感情を表に出さないよう気をつけつつ、カメレオンのエリアへ向かう。瀬戸はまだケージの前に立っており、江原が近づいたのにも気づかなかった。

「あの…」

「……」

声をかけられた瀬戸ははっとしたように身体を揺らして江原を見た。怪訝そうな表情は、昨日の一件が引っかかっているからなのかもしれない。むかつくことを言われたからといって、客相手に声を荒らげてしまったのは事実だ。反省しなきゃいけないのは自分だが、どうも素直になれない。全く。瀬戸を相手にすると厄介な感情ばかり湧いて来る。

そんなぼやきを胸に仕舞い、江原は事務的な口調を心がけて上平が呼んでいると伝えた。

「上平さんが？」

「カメレオンの幼体が入って来て、見せたいみたいです」

カメレオン…と聞いた途端、瀬戸はぱっと表情を変えた。瞳が輝いたような気がして、江原は戸惑ってしまう。睨んできたり、厭なことをわざわざ言ってきたり。暗い奴と思っていたのだが、その表情は子供みたいで、江原の瀬戸に対する印象を変えるものだった。

「ありがとう」

その上、瀬戸は丁寧に礼を言って、バックヤードへ早足で向かう。江原もつい、その後に従った。瀬戸には関わらないようにしようと思っているから、本当は伝言を伝えるだけで済ませようとしていたのに、何故だか気になった。

「上平さん。何が入ったんですか？」

「ジャクソンです。川原《かわはら》さんのところで産まれたやつで」

「ああ。あれ、無事に産まれたんだ。よかった。何匹産まれたんですか?」

「二十ちょっとみたいですね。うちには十匹」

バックヤードへ入り、上平の傍へ駆け寄った瀬戸は楽しそうに話しながら、カメレオンの幼体が入れられているケースを覗く。わくわくした様子を見ていると、こっちの方が本来の顔なのかなと思えてくる。

偶々、タイミングが悪くて悪印象を抱いてしまってたんだろうか。そんなことを考えつつ、脇から一緒にカメレオンを見ていた江原は、マニアックな話を続けている二人に、素朴な疑問を向けた。

「カメレオンって…爬虫類だから卵を産むんですよね?」

「いや。カメレオンは種類によって卵生と胎生があるんだ」

「ジャクソンは胎生だよ。卵生は卵を産んでからの管理も大変だけど、胎生も母体の管理をちゃんとしてやらないといけないからな」

「瀬戸さんも繁殖させたこと、あるんですか?」

瀬戸がカメレオンマニアで、実際飼っているのは知っているが、何を飼っているのかは聞いていない。とにかく厭な奴というイメージだけが先走っていて、まともに話してもいなかった。

尋ねる江原に、瀬戸は大好きなカメレオンを間近にしているせいか、にこにこ笑って答える。

「ああ。でも、最近はやってないな。仕事が忙しくなっちゃうとどうしても管理が疎《おろそ》かになっちゃったりするからね」

「何を飼ってるんですか？」

「今はエボシとジャクソンと…パーソンと」

「瀬戸さんのところのパーソンは立派だよ」

「雌だから飼いやすいんですよ。そう言えば、上平さん、自宅でパンサー飼い始めたって言ってましたよね。どうですか？」

「元気ですよ。やっぱ色が派手で可愛いですね」

瀬戸が何匹も飼っているというのも驚きだったが、上平が自宅でもカメレオンを飼っているというのにもびっくりさせられた。瀬戸と上平の会話は専門的な内容で、まだ素人の江原には追いつけない。カメレオンに沢山種類があるのも最近知ったばかりだ。

楽しそうに語る二人を見ていると、夢中になれる趣味があるというのが羨ましくも思えた。趣味の分野を仕事にしているが、上平みたいにそれが生活に直結はしていない。そんな江原に瀬戸は突然、カメレオンを飼うように勧めた。

「ちょうどいい幼体が入ってきたし。ジャクソンでもこれはキサントロプス亜種のＣＢ《キャプティブブリード》だし、丈夫だと思うよ。気温管理をちょっと気をつけてやれば…」

「い…いや、すみません。俺、自宅でまで管理出来ないんで」

「カメレオンは平気なんだろ？」

「はあ。でも……」

自分には無理だと、首を横に振る江原に、瀬戸は残念そうな表情を浮かべる。カメレオンを覗き込み、「こんなに可愛いのになあ」と呟いた。

「俺、家に帰ってカメレオンたちの世話してるとすごく癒されるんだよね」

「ああ、分かります。カメレオンでもトカゲでも、カメでもへ……でも、強い主張はないのに待ってくれてるんだって感じますよね」

「…上平さん。もしかして、全部自分で飼ってるんですか？」

「ああ」

見上げたプロ根性…というよりも、上平の表情を見ている限り、好きで飼っているのは間違いない気がした。一体、どんな部屋に住んでいるのか…と想像し、上平だけでなく、瀬戸の部屋もすごそうだなと思う。何にせよ、語れる趣味のない自分よりはずっとよさそうだ。仲間に入る勇気はまだ出ないけれど、対等に話せるくらいの知識は得たいと江原は思い始めていた。

瀬戸だけでなく、爬虫類のショップを真剣に見に来る客など、皆、何かしらのマニアだ。初心者であってもマニアな世界の扉を叩こうという人間である。適当な知識では太刀打ち出来ない。

爬虫類が苦手で、異動が決まった時にはバイト自体を辞めたいとまで思った江原だったが、働いている内に心境が変わり、こつこつと勉強を始めた。店で見聞きすることを意識して覚え、本を読んだり、ネットを見たりと、知識を重ねる。二週間が経つ頃には、苦手なヘビを除く、他の種についてはおおよそのところ、分かるようになったと思えてきた。

瀬戸は相変わらず、毎日姿を見せていた。カメレオンの幼体を見て喜ぶ姿を目にして以来、瀬戸に対する印象も変わり、避けようという気持ちはなくなった。

「瀬戸さん。注文分の餌、入ってきてますんで帰りに声かけて下さい」

「ありがとう」

出会った当初、瀬戸を苦手に感じたのが嘘《うそ》のようで、今では常連客の中で一番親しくしている。瀬戸は取っつきにくい部分があったり、口が悪いところもあるけれど、カメレオンに関してはものすごく純粋だ。無愛想だったり無表情だったりするのも、カメレオンに夢中になっているからだと理解すれば問題はない。マニアックな常連客には、なかなか対応や扱いが厄介な相手も多く、それと比べれば瀬戸はうんと常識人でつき合いやすいと分かったせいもある。

それに瀬戸は世話がかからない。店に来てもカメレオンのケージの前で満足するまでじっとしており、それこそまるで周囲に溶け込んでしまうカメレオンのようなのだ。

「……全部で三千六百円になります」

瀬戸から注文を受けていた品を渡し、レジで精算する。ショップ内の動物の管理もヘビ以外はこなせるようになり、レジも扱えるようになった。担当の馬場が席を外していた為、計算してお釣りを渡す。

「今日は上平さんは？」

「昼過ぎまではいたんですけど、静岡《しずおか》のブリーダーさんのところへ店長と一緒に行きました。営業時間内には戻って来られないみたいですね」

「上平さんも江原くんがいるから安心だね」

「いや、まだまだです。…何せここにはあれがいますから」

声を潜めた江原は、渋い顔で指先をにょろにょろさせる。瀬戸との距離は縮まっても、ヘビとの距離だけはどうしても縮まらなかった。

「まだ馬場くんがいてくれるからいいけど、一人で店番は絶対無理ですね。あれくださいって言われたら、断りますもん。売り場でも」

「そんな真剣な顔で言わなくても…。面白いな。江原くん」

「そうですか？」

ウィークデイの閉店前の、七時半過ぎ。土日はやって来てから、三時間くらい経った頃。瀬戸は帰る前にいつも江原と何気ない会話を交わしていくようになっていた。緑水館の定休日である月曜日以外は毎日、顔を合わせている。

けれど、店員と常連客という間柄であるから、瀬戸に関する個人的な情報は増えなかった。上平から聞いた、大手家電メーカーに勤めていることくらいしか知らず、何処に住んでいるのかも分からなかったのだが。

江原は意外な出来事で瀬戸の個人情報を知ることとなった。


それは翌週の定休日。江原が友人とランチの約束をして出かけた時のことだ。

「あ」

美味《おい》しい店がある…と言われ、品川《しながわ》駅の近くで待ち合わせをした。品川なんて滅多に訪れない街だからきょろきょろしながら歩いていると、前方に見知った顔を発見して、江原は思わず声を上げた。

最初は誰だったっけ？　と思ったのだが、すぐに思い出せた。いつもと違う場所で見ると、別人のように感じられるけれど、毎日のように会っている相手だ。

「瀬戸さん！」

江原の声に気づいた瀬戸が振り返る。はっとした顔になるのを見て、自分と同じように一瞬迷ったのだと分かった。

「江原くん。こんなとこで何してるんだ？」

「連れと飯食いに。なんか、ステーキのうまい店があるって言って。瀬戸さんの会社、この辺なんですか」

「ああ。…けど、びっくりした。一瞬、誰かと思ったよ」

「俺もです。店でしか会ったことない人って、なんか、違う人みたいに見えて迷いますね」

自分も同じことを感じていたと瀬戸は同意する。瀬戸はいつもと同じスーツ姿で、首から社員証をぶら下げていた。ちらりと見えたそれには上平から聞いた会社名が記されている。

「…瀬戸さん、エナジアに勤めてるんですね。確か、エナジアの本社、品川でしたもんね」

「そうだけど…よく知ってるね」

「俺、エナジア、受けたことがあるんです。面接で滑りましたけど」

かつては苦い記憶だったが、三年近く経った今は、軽い調子で話すことが出来る。新卒で大手企業に就職したいと熱望した時期もあったな、なんて思い出話だ。肩を竦める江原に対し、瀬戸はすっと表情を厳しくした。

「そうだったんだ」

「まあ、通ってたのも大した大学じゃなかったんで、受かってたらそれはそれで大変だったと思いますけどね」

負け惜しみではなく、今は本当にそう思っている。安定を求めて大手企業を望んでいたけれど、自分にそれだけの価値や能力があったかと言えば、疑問だ。

「一応、コンビニチェーンから内定貰って、就職はしたんですけど、三カ月で辞めちゃったんです」

「……。それで…ペットショップに？」

「いえ。あそこに辿《たど》り着くまでは色々。居酒屋とか宅配とか。バイト転々として、ペットショップってのも面白そうだなと思って、緑水館でバイト始めたんです」

「そうか…」

江原の話を聞きながら、瀬戸は次第に表情を曇らせていった。何か考え込んでいるような様子もあり、そんなに深刻な話をした覚えのない江原は気になってくる。どうかしましたか？　と理由を尋ねようとすると。

「主任？」

江原が口を開く前に、何処からか若い女性の声が聞こえた。前に立っている瀬戸の顔がはっとする。江原が振り返ると、ＯＬ風の女性が三人立っていた。江原に小さく頭を下げてから近づいて来る。

「お友達ですか？」

女性の一人が尋ねる相手は瀬戸だ。恐らく、彼女たちは瀬戸の同僚なのだろう。そんな想像をして瀬戸を見た江原は、さっきまで厳しかった表情が一転、すごく明るいものになっているのを見て驚いた。

にっこりとした笑みを浮かべ、瀬戸は女性たちに答える。

「ああ。偶然会って驚いてたんだ。今からランチ？」

「あ、はい。主任もですよね？　よかったらご一緒しませんか？」

「ありがとう。でも、久しぶりに会った友人だから、お茶でもしようって話になってさ。また今度誘ってくれるかな」

「分かりました。…失礼します」

愛想のいい笑みを浮かべ、よどみのない口調で答える瀬戸を、江原は唖然《あぜん》とした気分で見ていたのだが、彼女たちにはそれが普通なようである。これは一体？　不思議に思う江原に、女性たちは軽く頭を下げ、去って行く。ちらりと振り返って、意味ありげな視線を送るのは、江原の顔貌《がんぼう》が高水準であるからだろう。

そういう視線には慣れている江原は軽く手を振って見送る。まんざらでもない様子でもう一度会釈して女性たちが離れて行くと、江原は瀬戸を見た。女性よりも瀬戸の豹変《ひょうへん》振りが気になっていたのだが。

「瀬戸さん…」

同僚と思《おぼ》しき彼女たちにはにこやかな笑みを浮かべていたのに、少し離れただけで、瀬戸の顔はさっきの厳しいものに戻っている。そのギャップがひどくて、江原は引いてしまった。

「瀬戸さん？」

あんなにがらりと態度を変えなきゃいけない事情でもあるのか？　疑問に思い、事情を聞こうとすると、江原の携帯が鳴り始める。電話をかけてきたのは待ち合わせの相手で、誘った癖に二日酔いで来られないという、ふざけた連絡だった。

「なに～？　だったら、もっと早く電話して来いよ。俺、もう品川来てんのに。マジかよ。……うん……ああ。……分かった。今度、絶対おごれよ」

声を大きくして怒ってみせたものの、江原はちょうどいいと思っていた。これで瀬戸をランチに誘える。そして。

「ドタキャンされたんですけど…瀬戸さん、今からランチなんですよね？　一緒にどうですか？　それとも、お茶？」

「……」

瀬戸が女性たちに対して使った言い訳を使うと、彼は派手な溜め息を零《こぼ》す。ごめん…と詫びる瀬戸と、江原は思いがけずにランチを共にすることになった。

品川は瀬戸のテリトリーでもあるからお勧めの店はないかと聞くと、難しそうに眉を顰める。ある理由から行く店は限られていると言うので、そこでいいからと案内させた。時刻は昼を過ぎており、勤務中である瀬戸の休憩時間には限りがある。

「ここだけど…いい?」

「年季の入ってそうな店ですね。全然いいですよ。うまそう」

瀬戸が江原を案内したのは、駅から少し離れた場所にある、古いトンカツ屋だった。店内は狭く、見事に男性のサラリーマン客しかいない。ちょうど席を立つ客がいたので入れ替わりで座り、ランチを頼む。

「意外だな。瀬戸さん、こういうがっつり系が好きなんだ」

「いや。さほど好きじゃないけど……ここなら誰にも会わないから」

「誰にもって…?」

「……」

何となく想像がついたのだが、敢《あ》えて尋ねると、瀬戸は顔を俯《うつむ》かせて黙ってしまう。瀬戸のネガティブな様子は見慣れている。さっきの愛想笑い全開の笑顔よりもずっと。

「…瀬戸さん。もしかして、会社、大変なんですか?」

「……」

瀬戸の勤める会社の就職試験に落ち、今はペットショップで働いているという話をした際、彼が微妙に表情を曇らせたのが気になっていた。今の瀬戸は何かしらに追い詰められていて、それで色々考えてしまったのではないか。

瀬戸から答えが返って来ないので想像だけを働かせていると、ランチの定食が運ばれてくる。大盛りキャベツにトンカツ、どんぶりご飯にみそ汁にたくわんという、シンプルな定食だ。とても美味しそうで、江原は早速割り箸を割って、「いただきます」と手を合わせる。

「……瀬戸さん、食べないんですか？　美味しいですよ」

「あ…ああ」

何やら考え込んでいた瀬戸は、俯いたままぼんやりしていた。江原の声にはっとし、箸を取る。ご飯を一口食べたところで、低い声で「さっきの…」と言った。

「女性たちは…同じ職場で……俺の担当部署はああいう女性ばかりで……だから、こういう、女性が来ない店を選んで食べに来てるんだ。ここは安くてボリュームがあるけど、有名な店でも小綺麗な店でもないから…」

「はあ。職場以外でまで顔を合わせるのはきついとか？」

「きついどころか…」

うんざりだ…と、瀬戸はぼそりと呟く。暗い表情にはそれなりの理由がありそうだ。下手に慰めを言うよりも…と思い、江原は神妙に瀬戸の言葉を待っていた。ランチの定食を食べ進めながら、瀬戸はぽつぽつと事情を打ち明ける。

「今いる部署が…クレームを受け付けるコールセンターから回ってくる、不可処理案件を扱う部署なんだ」

「不可処理？」

「他の社ではどう呼んでるか分からないが…つまり、クレームの中でも上級クレーム…コールセンターでは扱いきれない厄介な案件をうちではそう呼んでいる」

「はあ…。なんか……大変そうですね」

それこそ、厄介な仕事だ。緑水館で出会った時の瀬戸はいきなり睨んできたり、暗い雰囲気を漂わせていたり、相当ストレスが溜まってるんだろうなという印象があった。仕事の内容を聞くと、それも仕方ないのかなと思えてくる。

「いや。仕事に関しては大変だけど、深刻には捉えてないんだ。クレームが出ること自体が会社として問題なわけだし、クレーマーのような相手にはそれなりの対処の仕方もある。組織としてシステマティックに対応すると決められているから、俺はそれに従い、個人で抱え込むべきではないという考えがある。でないとやっていけないからね」

「確かに」

「…問題は……」

仕事そのものがストレス要因でないのであれば……何処にその原因があるのか。みそ汁を吸いながら瀬戸を見ていると、難しい顔でトンカツを箸先で掴む。瀬戸はそれをがぶりと半分ほど齧《かじ》り、呑み込んでから、告白した。

「うちの部署には…女性しかいないんだ」

「ええと…さっきの女の子たちみたいな…？」

「ああ。俺よりも年上の人もいるが、大体、二十代半ばから後半くらいで」

「あ、そう言えば瀬戸さんって何歳なんですか？」

自分よりも上だろうと思ってはいたが、実際の年齢は知らない。江原の問いに瀬戸は「三十」と答える。同じ質問を返され、江原は「二十五です」と答えた。

「そうなんだ。俺より少し下くらいかと思ってた」

「俺も瀬戸さん、もう少し若いかと思ってました」

お互い、同じくらいの年齢だと考えていた。けれど、既に社会人として経験を積んでいる者同士の間で、五歳程度の年齢差は大したことではない。それはさておき、女性しかいないのが問題というのが気になった。

「やっぱ、女の子ばっかだと気を遣いますか」

「………。まあね…。あんま、得意じゃないんだ。女って」

暗い表情で答える瀬戸に、江原は疑問を抱いて首を捻る。だって、さっき見たばかりの瀬戸は…。

「でも、瀬戸さん。あの女の子たちにものすごく愛想よかったじゃないですか」

毎日、仕事帰りに店にやって来る瀬戸は頭上に暗雲を乗せている。暗い瀬戸なら見慣れているけれど、同僚の女性社員に対し、爽やかな笑みを浮かべ、明るい口調で話し始めたのには驚かされた。あれは何だったのかと、不思議に思って尋ねる江原に、瀬戸は溜め息を吐いて理由を話す。

「俺は主任で、彼女たちは部下に当たるんだけど、セクハラだの、パワハラだの、本当に大変なんだ。冷たくしてもいけない、馴れ馴れしくしてもいけない。それに部署柄、彼女たちもストレスが多いから、出来るだけ快適な職場環境を提供しなきゃいけない。俺は彼女たちにとって、マイナスイオンがたっぷり含まれた空気でないといけないんだよ」

「マイナスイオン…?」

「空気のように存在を感じない、けれど、常に必要とされるのが空気だ。それに清涼感という付加価値があるのが、マイナスイオンの空気なんだ」

「はあ…」

何言ってるんだろう…と江原には不思議になるような話だったが、瀬戸は真剣だ。話している内に気分が悪くなったと言い、トンカツもご飯も半分残して箸を置いてしまう。瀬戸の話を聞いている内に江原は定食を食べ終えていたので、席を立って店をあとにした。

「大分残してましたけど、お腹空きませんか？」

「いや、いつも残すし。座ってるだけの仕事だから、余り食べると太るよ」

ぼそぼそと答え、会社へ戻る瀬戸と共に歩き始める。江原は品川にもう用はなく、自宅へ帰るつもりだった。

「江原くんは店の近くに住んでるの？」

「はい。店から自転車で…十五分くらいです。瀬戸さんは？」

「駅の方。いつもは自宅を通り過ぎて、緑水館まで行って、戻る感じ」

近くに住んでいる筈なのに、品川という遠く離れた場所で会うなんて不思議なものだと、瀬戸は苦笑する。隣から見たその顔は明るいものではなかったけれど、わざとらしい笑みよりずっと瀬戸らしいと思える。

瀬戸にとって緑水館はまさに癒しの場所なのだ。瀬戸だけじゃなくて、常連たちも皆、瀬戸のような事情を抱えて来ているのかもしれない。江原は小さく息を吐き、足を止める。

「…どうした？」

不思議そうに聞いてくる瀬戸に、「ちょっと待ってて下さい」と言い、江原はすぐ近くにあったコンビニへ駆け込んだ。ダッシュで買い物して瀬戸の元へ戻ると、レジ袋を手渡す。

「午後からも仕事、頑張って下さい。これ、小腹が空いたら」

「……」

甘い物はさほど好きじゃないという話を、以前ちらりと聞いた覚えがあった。だから、無糖のコーヒーと、ビターチョコレートを選んだ。口に合わないものだったら、誰かにあげて下さい…と言う江原に、瀬戸は小さな笑みを浮かべて「ありがとう」と礼を言う。

唇の端を少し歪《ゆが》めただけの、苦笑いみたいな笑み。それでも、同僚に見せる愛想笑いよりも、カメレオンに向ける親しみある笑みに近いと思える。

間もなくして、瀬戸の会社と駅への分岐点に到着した。気をつけて…と気遣ってくれる瀬戸に、江原は明日も待っていますと伝える。

「今日は店が休みだから、家のカメレオンたちに癒して貰って下さい」

「…ああ。そうする」

また明日。そんな約束をして、瀬戸はレジ袋を手に、会社へ戻って行く。その背中が遠くになるまで、江原はその場を動かなかった。

マイナスイオンがたっぷり含まれた空気。瀬戸が自分の有り様として示した言葉は、江原の頭に残っていた。ところで、マイナスイオンってなんだっけ？　何となくしか分かっていなかった江原は、翌日、店に出勤した際、鳥海に尋ねてみた。

「あれですよ。山とか行って、気持ちいー空気とかあるじゃないですか。あれ」

「森林の匂い的な？」

「匂い…とはちょっと違うのかな。空気だし」

鳥海は首を傾げ、どうしてそんなことを聞くのかと江原に尋ね返す。瀬戸から聞いた喩えだとは言えず、友人の話だとごまかして、セクハラだのパワハラだの大変らしいと説明する。

「まあ、確かに俺でも女の部下ばっかだったら大変そうだなって思うけどね」

「そうですよ～。同じ女の私が言うのもあれですけど、会社とかって大きくなるほど大変みたいですよ。私の友達でもOLやってて、上司をセクハラで訴えたって子がいて…」

「マジ⁉」

まさか、そんな話が近くに転がっていようとは。驚いて目を丸くする江原に、鳥海は困ったような顔で肩を竦めた。

「それが、マジでセクハラだったらむかつく〜って感じなんですけど、違うんで、その上司がちょっと可哀想になっちゃって」

「どういう意味？」

「その子、上司が好きで告白したんです。けど、上司は奥さんがいて断られたんですよ。その腹いせ的な」

「ひでえ！」

結婚している相手に告白するという神経も分からないが、逆恨みでセクハラだと訴えるというのは。上司としてはやってられない話ではないか。眉を顰める江原に、鳥海も真面目な顔で「でしょ」と唇を尖《とが》らせる。

「私は不倫とか嫌いだから、その上司の方がまともだと思うんですけど。彼女的にはセフレでいいのに…って感じだったのに、真面目に断られたから、腹が立ったんですって」

「そういうもん？」

「よく分かりません」

友達だけど理解は出来ない…と言う鳥海に、江原は腕組みをして「はー」と溜め息のような相槌をついた。自分は幸い、そういう問題に出会《でくわ》すような世界に生きてないから、有り得ない話として聞くだけで済むけれど、瀬戸は実際そういうところで働いているのだ。

そりゃ、あんな風にもなるわけだ。瀬戸の愛想笑いを思い出し、彼の真剣さを納得する。たとえ事実でなくても、セクハラで訴えられたとなれば、社内での将来もなくなるだろう。なんてめんどくさい世の中なんだ…と、眉間の皺《しわ》が深くなる。

その晩。江原は意識して瀬戸がやって来るのを待っていた。七時過ぎ。姿を見せた瀬戸はいつもと変わらない感じだったのに、彼が抱える事情を知ってしまったせいか、随分疲れているように見えた。

「こんばんは。昨日はありがとうございました」

「あ…うん。こちらこそ…」

自ら近づき礼を言う江原に、瀬戸は戸惑ったように視線をずらし、ぼそぼそと返す。いつも通りの無愛想な雰囲気を漂わせ、カメレオンのエリアへ向かった。その姿を見送りながら、江原は複雑な気持ちになる。

自分が落ちた会社で働いている瀬戸に対し、嫉妬に似た気持ちを抱いたりもしたけれど、もしかすると瀬戸は自分を羨ましく思っているのかもしれない。ペットショップで働き、大好きなカメレオンをいつでも見られる環境にいる自分を。

人生、何処で何が起きるか分からない。それにしあわせの基準も一概には決められないものだ。難しいな…と思うと共に、瀬戸に対する同情心が親近感に変わっていくような気がした。

最近、仲いいね。ふいにそんな言葉をかけられ、江原は怪訝そうな顔で上平を見る。

「仲いい…って？」

「瀬戸さんと」

出会った当初、瀬戸を苦手としていたのを上平は知っている。悪い人じゃないと言われても素直に受け取れなかった。それが今は、江原の方から瀬戸に話しかけるようになっており、カメレオンに関する知識も教えて貰ったりしている。

「上平さんも言ってましたけど、やっぱ、瀬戸さんの知識ってハンパないし、勉強になります。それに…」

「それに？」

「…いえ。なんでもないです」

瀬戸の個人的な事情を知って、出来るだけ彼を癒してあげたいと思うようになったからだ…とは言えず、江原は曖昧に笑ってごまかす。上平は不思議そうだったけれど、爬虫類なんて無理だと顔を青くしていた江原が、すっかり慣れてくれたのは助かると言った。

「鰐淵さんの入院がこんなに長引くなんて思ってなかったし、江原くんが来てくれてなかったらと思うと恐ろしいよ」

「まあ、あれだけはやっぱり駄目なんで、中途半端な感じなんですけど」

生理的な嫌悪感というのはどんなに努力しても拭えず、相変わらずヘビは苦手なままだ。それでも他の種類はなんでも平気で…中にはトカゲと名がついてもヘビに似た形のものがいたりして、そういうのは無理なのだが…扱いも上手くなってきた。

そして、特に江原が愛着を抱いていたのは、やはりカメレオンだった。最初に見た時も可愛いと思ったが、やはり、瀬戸の影響は大きかった。知識や経験も日に日に増え、いつでも飼えるスキルは身についていたものの、自分で飼う勇気は出ずにいた。

そんな中。江原は思いがけないきっかけで、店以外の場所でもカメレオンの世話をすることになった。


ある日。血相を変えて瀬戸が駆け込んで来たのがきっかけだった。

「え…江原くん…！」

「…え？　瀬戸さん？」

ウィークデイであったその日、瀬戸が来るのは七時頃だと思っていたから、江原は油断していた。ヤモリのケージを掃除していたところ、背後から呼びかけられ、驚いて振り返る。

「どうしたんですか？　会社、休み？」

そう聞きながらも、瀬戸の格好がスーツであるのと、やけに焦った様子であるのが気になった。何かあったのだろうか…と考え、頭に浮かんだのは、瀬戸の家のカメレオンだ。カメレオンの調子が悪いとか？　でも、それなら上平に声をかけるだろう。

「い…いや。あのさ、相談があって…時間ないかな？　休憩時間とか…」

「あー…分かりました。俺、まだ休憩取ってないんで、貰ってきます。これ、片付けてからでもいいですか？」

うんうん…と頷く瀬戸に、折角来たのだから、カメレオンでも見て待ってて下さいと勧めた。いつもなら暗い表情であっても、何処かうきうきとカメレオンのエリアへ向かう瀬戸だが、やけに落ち着きがないように見える。

それに自分に「相談」とは。疑問をいっぱい抱きつつ、途中だったケージの掃除を済ませてしまい、バックヤードにいた上平に伝えて、休憩を貰った。待たせている瀬戸の元へ、江原は小走りで向かったのだが。

「…………」

いつもカメレオンのケージを覗き込んでいる瀬戸は周囲も見えていない感じで集中している。付近に溶け込み、同化していることが多いのに、今日はなんだか様子が違う。もやもやとした空気が瀬戸を覆っているように見え、戸惑いを抱きつつ、「お待たせしました」と声をかけた。

「瀬戸さん、相談って？」

「……一緒に来て欲しいんだ」

何処へ？　と不思議になったが、店の中では話せないという気持ちは分かる。営業中であるから客がいるし、周囲は爬虫類の入ったケージだらけだ。レジにいた鳥海に外へ出ると声をかけ、瀬戸と共に一階へ下りる。

江原は普段、従業員用の出入り口を使っているが、瀬戸にあわせて店の出入り口から外へ出た。既に昼は過ぎ、二時近い。昼食もまだだったから、ついでに何か食べたいなと思い、瀬戸を誘う。

「ついでに飯食いたいんですけど、瀬戸さん、もう食べました？」

「……まだだけど…。先に話をしてもいいかな？」

「あ、はい」

だが、話をするには店に入って、座った方がいいのでは…。歩きながら話す気なのかな…と不思議に思う江原をよそに、瀬戸はどんどん歩いて行く。

「瀬戸さん。何処へ行くんですか？」

行き先を聞いても、瀬戸は難しい顔のまま答えない。現れた時から思い詰めた様子であったし、こんなウィークデイの午後にやって来るのもおかしな話だ。瀬戸の深刻な顔を見て、カメレオンに何かあったのかと考えたが、そうじゃなくて会社で何かあったのかもしれない。

最初からそっちを考えるべきだったか。江原は反省しつつ、瀬戸にもう一度問いかけてみようとしたが、ちらりと見たその顔が硬いものであるのが気になって、質問するのをやめた。瀬戸が何処へ行くつもりかは分からないけれど、彼につき合って、先に話を聞いた方がいいだろう。

そう考えて、江原は瀬戸の隣に並んで歩いて行った。緑水館から北へ、幹線道路沿いの歩道を進み、交差点を二つ過ぎたところで左に折れる。その後も何回か曲がり、駅に近づいてきたと気づいたところで、江原ははっとした。

もしかして…瀬戸の家に行くのだろうか。瀬戸は駅の近くに住んでおり、毎晩、緑水館へは自宅を通り過ぎてやって来て、戻るのだと話していた。そんな江原の予想は当たり、間もなくして瀬戸は比較的新しいマンションの前で立ち止まった。

「ええと…瀬戸さん家？」

「……」

無言で頷き、瀬戸はエントランスから中へ入る。一階が駐車場となっているピロティ式の物件で、瀬戸の部屋は二階にあるようだった。硬い顔つきで何も話さない瀬戸に続いて、江原もエレヴェーターに乗り、二階へ上がる。

「瀬戸さん。ここ、長いんですか？」

「五年…になるかな。江原くんの店でカメレオンを買って、それでこっちへ引っ越して来たから」

「えっ。もしかして、カメレオンの為に？」

ああ…と頷き、瀬戸は廊下の突き当たりにある扉の前で立ち止まった。手にしていた鞄《かばん》から鍵を取り出し、ドアを開ける。どうぞと言われ、江原は慎重に玄関へ足を踏み入れた。瀬戸の部屋がカメレオン御殿だと知っているだけに、普通の家を訪問するのとは違った緊張感がある。

救いは毎日見ていて、もう慣れているし、逆に興味もあることだろう。瀬戸が飼っているパーソンカメレオンは立派だという話を聞いている。

「…お邪魔します」

恐る恐る入った玄関は普通だった。単身者用マンションらしく、お世辞にも広いとは言えない玄関で、そのすぐ先にキッチンが見える。三メートルほど先にドアがあり、その向こうが部屋なのだと思われた。

先に靴を脱いで奥へ進んだ瀬戸に続き、江原はそっとドアの向こうを覗いてみる。そして、思わず声を上げて唖然としてしまった。

「わっ。…いや、…分かってたけど……なんか、すごい……」

十畳ほどある部屋の壁面全部を使って、カメレオンの為のケージが組まれている。市販されている爬虫類用のケースや、棚などを組み合わせて作った自作のケージが幾つも並んでおり、瀬戸の大切なカメレオンたちが一匹ずつ、入っていた。

それだけでなく、室内には大きな観葉植物が幾つも置かれ、あちこちに止まり木が配されたりしていて、放し飼いに出来る環境も整えられていた。エアコンや加湿器により、気温や湿度も適切に保たれている。さすが瀬戸だと言いたくなるような環境が作り上げられていた。

「…おお。これが噂《うわさ》のパーソンカメレオンですか。本当に立派だ～。…ああ、ごめん。ついじろじろ見ちゃった…」

爬虫類ショップの店員として経験を積みつつあるも、江原はいまだカメレオンに対し、ストレスを与えないような見方が出来ないでいる。好奇心に駆られて凝視してしまい、カメレオンが体色を変化させるのを見て、慌てて謝り、顔を背ける。すると、その先に瀬戸がいて、苦笑いでごまかした。

「はは。すみません。つい、ガン見しちゃって…」

「……江原くんのカメレオンに関する知識は相当だと思うんだ」

「へ？」

なんで瀬戸がそんなことを突然言い出したのか、江原にはさっぱり分からなかった。瀬戸の方がずっとすごいし、上平だって相当だ。自分など二人に比べたらまだまだひよっこという意識のある江原は、首を横に振った。

「いやいや。瀬戸さんにそんなこと言って貰えると嬉しいですけど、まだまだですよ」

「いや、十分だ」

「……瀬戸さん？」

言い切る瀬戸の顔は怖いくらい真剣なものになっている。訝しく思い、呼びかけた江原の前で、瀬戸はいきなり土下座した。突然の行動に江原は目を丸くして驚いたが、続けられた瀬戸の台詞に、更に驚愕《きょうがく》させられる。

「頼む‼　一週間、この子たちの面倒を見てくれないか！」

「……。…ええっ…⁉」

この子たちって……カメレオンだよな？　そんな確認は必要ないだろう。冷や汗が流れそうな気分で振り返ると、パーソンカメレオンの目玉がからかっているみたいにぐるりと動いた。


「ちょっと……瀬戸さん。頭上げて…いや、とにかくですね。事情を聞かせて下さいよ」

困り切った江原は取り敢えず、瀬戸の前に跪《ひざまず》いて、体勢を戻させた。説明を求める江原に、瀬戸は現れた時よりも更に深刻さを増した表情で、事情を打ち明ける。

「実は……会社の研修で、一週間、長野《ながの》に行かなきゃいけなくなったんだ」

「長野…ですか」

「俺の部署はこの前も話した通り、色々ストレスの多い部署ではあるが、出張なんかは一切ないのが唯一の利点だったんだ。俺にはこの子たちがいるから…家を空けるわけにはいかない。研修っていうのも、この子たちを飼い始めてから初めてで……長野だっていうから、通えないかと思ったんだが……泊まり込みが必須だと言われ…」

「通うって、無理でしょ。長野ですよ?」

「し…新幹線が通ってるじゃないか…!」

「……」

瀬戸は至って真剣に言うけれど、長野と言っても広い。しかも一日二日ならともかく、一週間だ。呆れた気分で肩を竦める江原に、瀬戸は項垂《うなだ》れて続ける。

「…それで…実家の母に来てくれないかと頼んでみたが……死んでも厭だと言われ…」

「まあ…そうでしょうねえ。犬猫ならともかく、カメレオンですから」

「ネットの掲示板なんかでここへ世話しに来てくれる人を見つけてみようかと思ったが、さすがに知らない人間にこの子たちを預けるのは怖く…」

「いやいや。その前に知らない人に部屋の鍵預けちゃいけませんよ」

切羽詰まっているせいか、瀬戸は冷静さを欠いている様子だ。いつも頭の上に暗雲を乗せているような感じだけど、その暗雲が台風になっている気がする。いきなり土下座してくるのも頷ける。

「それで……どうしても行けないと、上司に伝えに行ったんだ。そしたら…行けない理由を話せと言われ……」

「カメレオンですって、言ったんですか?」

「……」

尋ねる江原に瀬戸は力なく首を振る。同僚の前では全く違うキャラを演じていた瀬戸だ。上司の前でも似たような真似《まね》をしているのだろう。それが会社で働き続けていく瀬戸なりの方法なのだから、仕様がない。

「そんなことを言ったら……絶対、飛ばされる。この子たちの環境を守る為にも、ここを引っ越したくないし、仕事をなくすわけにもいかないんだ」

「……」

カメレオンの為に仕事をなくせない…と悲痛な顔で言う瀬戸が可哀想になってくる。最初はカメレオンに仕事のストレスを癒して貰っていたのが、今では瀬戸の生き甲斐になっているのだ。それも頷けるくらいの部屋だな…と思いつつ、ぐるりと室内を見回す。

「…それで……江原くんに頼めないかと思い立って、会社を早退して来たんだ。上平さんに頼もうかとも思ったんだが、彼は自宅で飼ってる子たちの世話もあるだろうから…。知り合ったばかりなのに…こんな頼み……」

「分かりました」

「……江原くん…」

「いいですよ。俺は別に自宅で何か飼ってるわけじゃないし、この子たちの面倒、見れますから。研修っていつからなんですか？」

自信がある…とは言い難かったが、その辺の素人よりはマシになっている自覚はあった。それにいざとなれば上平がいる。いつから面倒を見ればいいのかと聞く江原に、瀬戸は感極まったように、その手を握り締めた。

「江原くん…っ！　ありがとう！」

「や…やだな、瀬戸さん。そんなに握らないで下さい」

「あっ…ああ、ごめんっ…。つい…」

無意識なのは分かっていたが、手を握るなんて瀬戸らしくない行為だけに、江原は戸惑ってしまった。だが、指摘された瀬戸の方が自分の行動に対する動揺が大きく、ばっと勢いよく手を離し、慌てふためく。

その様子は江原が見つけた、瀬戸の新たな一面だった。暗くネガティブな瀬戸、作り物みたいな笑みを浮かべた瀬戸、カメレオンを愛しそうににこにこと見つめる瀬戸…。色んな瀬戸がいるけど、動揺して慌てる瀬戸はとても可愛い。

「……」

可愛い…？　なんだかその形容は違うような気がして、江原は首を捻る。相手は男で、五つも年上のサラリーマンだ。可愛いなんて、失礼にも当たるような…。でも他に言葉が

見つからず、悩んでいると、落ち着きを取り戻した瀬戸が「それで」と話し始めた。

「実は…研修は明日からなんだ」

「そうなんですか？　なんだ。もっと早く言ってくれれば…」

「このところ、ずっと悩んでたんだけど……江原くんに迷惑をかけたくないという思いもあって…」

「別にさほどの迷惑じゃありませんよ。カメレオンの世話なら店でもしてるし。そんなに手間かかりませんし」

「うん。江原くんなら大丈夫だと思う。…一応、江原くんが引き受けてくれた時に渡そうと思って、マニュアルも作ってみたんだ。これを参考にしてくれるかな」

「……」

そう言って、瀬戸が鞄から取り出したのは、ばさりと音がしそうな用紙の束だった。思わず絶句しつつ、江原がそれを捲《めく》ってみると、一匹ずつの生態や世話の仕方が詳しく書かれている。

その情報量には驚いたが、世話をする上で、そういうデータがあるのは有り難くもある。参考にします…と神妙に言う江原に、瀬戸は続いてスケジュール表を渡した。

「それで、これが明日から一週間のスケジュール。俺が戻るのは来週の水曜…たぶん、夜になると思うから、その日までお願いしたいんだ。本当は土日が休みなら戻って来たいんだけど、土日も研修があるっていうから…」

「……。…あの、瀬戸さん。一つ聞いてもいいですか？」

「なになに？　何でも聞いて」

「これ見ると……俺、ここに泊まらなきゃいけないような気がするんですが…」

寝る前に温度設定を切り替えるだの、起きたら温度と湿度を計測するだの、まるでここに住み込むことが前提のような記述がある。眉を顰めて確認する江原に、瀬戸は真面目な顔で頷いた。

「ああ。泊まって貰いたい」

「一週間？」

顔を引きつらせて確認する江原に、瀬戸はもう一度頷く。じっと見つめてくる瞳は真剣な色で、江原は何も返せなかった。上平には頼めないわけだ…と納得し、再度室内を見回す。

そして、一つ重大なことに気づいた。ほぼ…いや、完全にカメレオンの為の部屋であるここ以外に…部屋がなさそうなのだ。どう見たってドアは玄関へ通じる一つしかなく、窓の向こうにはおまけ程度のベランダが見えるだけだ。

「…ちょっと、待って下さい。瀬戸さんは…一体、何処で寝てるんですか？」

「ここ」

江原の切実な問いかけに対し、瀬戸はしれっとした顔で押し入れの襖《ふすま》を開ける。上下に分かれた押し入れには、下部に布団が敷かれたままになっており、上にはスーツ類など、瀬戸の衣服がかけられていた。

部屋を見回した際、押し入れの存在に気づいてまさかとは思ったが、厭な予感ほど当たるように出来ているものだ。だとすると、自分も一週間、押し入れの中で寝なくてはいけないことになる。

「安心してくれ。出かける前にシーツとかは新しいものに変えていくし。遠慮なく、使ってくれていいから」

「……はあ…」

正直、押し入れで寝るなんてとんでもないとは思うが、断る理由にはならない。断ったりしたら、瀬戸がどれほどショックを受けるか、想像しただけで恐ろしい。江原がぐっと呑み込み、「分かりました」と言おうとすると、瀬戸が新たな難問を告げてきた。

「それと、そのマニュアルにも書いたけど、帰宅したらパー子を部屋に放してやるようにしてるから…」

「パー子?」

「パーソンカメレオンの名前」

「……」

もしかして、パーソンカメレオンの雌だから、「パー子」なのだろうか。いやいや、それよりも問題は、瀬戸がカメレオンを部屋に放せと言ってることだ。確かに、放し飼いにも出来る環境が整えられているなとは思ったが…。

「なんで、寝る時は押し入れの襖は閉めた方がいいと思う。イグアナなんかとは違うから、大丈夫なんだけど、万が一入り込んだりしたら…」

「分かりました」

はっと気づけば目の前にカメレオンが…なんて、素敵だろうか? 江原が内心で吐いた溜め息は大きなものだった。


瀬戸が飼っているカメレオンは全部で六匹。一番大きいのがパーソンカメレオンのパー子で、あとはエボシカメレオンの雄が一匹と雌が二匹。ジャクソンカメレオンの雌雄一匹ずつである。エボシカメレオンはエボ太と、エボ美とエボ子。ジャクソンカメレオンが、ジャク太郎に、ジャク代。瀬戸のネーミングセンスは限りなく悪い。

「じゃ、迷惑をかけて申し訳ないけど、よろしく頼む」

「了解です。心配しないで研修頑張って来て下さい。何かあったら上平さんに相談しますから」

「ありがとう」

翌朝。江原は泊まり込む為の荷物を手に瀬戸のマンションを訪ねた。既にスーツ姿で出かける用意をして待っていた瀬戸は、涙ながらにカメレオンたちに別れを告げる。

「皆、元気でな。江原くんは優しいから大丈夫だ。心配するな」

「ちゃんと世話しますから、大丈夫ですよ。任せて下さいって。瀬戸さん、早く行かないと遅刻しますよ」

いつまでもカメレオンたちから離れそうにない瀬戸を宥《なだ》め、なんとか送り出した江原は一人になった部屋で小さく溜め息を吐いた。瀬戸が余りに可哀想で断り切れず引き受けてしまったが、他人の部屋で一週間…しかも、カメレオンつきで暮らさなくてはいけなくなるとは…。

「…ま、可愛いしな。よろしくな。お前たち」

不安はあるが、カメレオンたちへの愛情はちゃんとある。それぞれのケージ内をチェックし、瀬戸から渡されたマニュアルを元に世話をする。店とは勝手が違うが、瀬戸の部屋だけあって、環境は整えられているのでさほど手間はかからなかった。

「ええと……まずは水を換えるか…。…ああ、下にペットシーツ敷いてるんだ。これも換えて…」

小一時間ほどで世話を終えたところで、江原は改めて瀬戸の部屋を見回った。昨日は瀬戸がいたからじろじろ見たりするのは躊躇《ためら》われたけれど、今日からしばらく暮らさなくてはいけない部屋だ。

「瀬戸さん、好きに使っていいって言ってたけど…」

まず寝床となる押し入れを開けると、瀬戸は約束通り、布団のシーツを新しいものにし整えてくれていた。もぐらになった気分だが、カメレオンのケージと観葉植物や止まり木などに占領された部屋は完全にカメレオン仕様であるから、寝場所はない。

「ほんと、カメレオンのことしか考えてないんだな」

押し入れの上段を見れば、衣類の他にカメレオンや爬虫類に関する書籍などが積み上げられている。江原は着替えの入ったデイパックを布団の上に置き、襖を閉めてキッチンがある方へ出た。

マニュアルでも口頭でも厳重に注意されたのが、キッチンや玄関に通じるドアは必ず閉めることだ。でないと、気温や湿度が保たれず、カメレオンたちに悪影響を与えてしまう。

瀬戸の真剣な顔を思い出しながらドアを閉め、キッチンを点検する。

「…料理とかは…全くしてないな。ケージ洗う為の場所になっちゃってるわ」

鍋など、調理器具は一切なく、シンクの横には空になった餌のケースが並んでいる。冷蔵庫と電子レンジはあり、冷凍食品や飲み物、調味料などはそれなりに入っていた。

次にキッチンとは向かい合わせにあるユニットバスを覗く。お愛想程度の浴槽だが、十分に使えそうだ。それに瀬戸は綺麗好きらしく、どこもきちんと掃除されていて助かった。

「ま、几帳面な人じゃないと、カメレオンなんて飼えないかも」

浴室のドアもちゃんと閉め、江原は腕組みをして考える。しかし、瀬戸の生活は完全にカメレオン中心のようだ。生活どころか、人生が、と言ってもいいかもしれない。彼女はいないと言っていたが、本当にその気配は全くない。

爬虫類部門に異動する前だったら絶対理解出来なかっただろうけど、今はなんとなくその気持ちが分かる。ペットの世話というのは大変だし、めんどくさいことも多いけど、彼女っていうやつもめんどくさい。

「めんどくささの種類が違うんだよね」

江原自身、半年ほど前につき合っていた彼女と別れたきり、フリーだ。取り立てていいなと思う女性がいなかったせいだが、今は同じくめんどくさいなら、カメレオンの方がいいなあと思ってしまう。瀬戸も同じようなものなんだろうなと考えながら部屋を出て、緑水館へ出勤した。

「おはようございます」

「おはよう。そういえば、江原くん。昨日の話って何？」

爬虫類部門のある二階には既に上平が出勤して来ていた。昨日、休憩から戻った後、上平に瀬戸からカメレオンの世話を頼まれたことを話そうとしたのだが、タイミング悪く、所用が重なって話せなかった。仕事を始めながら、「実は…」と経緯を話すと、上平は驚いた顔で聞き返す。

「瀬戸さんのカメレオンの世話って…江原くん、瀬戸さんといつの間にそんなに親しくなったの？」

「いや…そんな親しくもない…って言い方もあれなんですけど、瀬戸さんもまだつき合いの浅い俺に頼むのは気が引けてたみたいです。でも他にいないって」

「あー…そうだねえ。犬猫みたいにペットホテルがあるわけじゃないし」

「そうなんですよ。母親に頼んだら死んでも厭だって言われたそうです」

「分かる」

苦笑する上平は自身に置き換えて考えているようだった。瀬戸は上平に頼もうかと考えたが、何も飼っていない江原の方が適任だと思ったようだと、続ける。

「瀬戸さん、泊まり込んで欲しいって言うんで、今日から俺、瀬戸さん家で暮らすんですよ」

「えっ。瀬戸さんも心配性だな。朝晩、様子を見て世話して欲しいとかじゃないんだ？」

「二十四時間、スケジュールが決まってるんです」

こんな分厚いマニュアルも作成されていた…とつけ加えると、上平は目を丸くする。それから小さく息を吐いて、「頑張って」と江原を励ました。

「でも、やっぱ一人暮らしで爬虫類とか預けられないペットを飼ってると、大変ですね。留守にする可能性のある仕事だと、飼えないだろうな」

「そうだね。うちでも預かって欲しいってお客さんが時々いるんだけど、環境が変わって死んじゃう可能性も高いし、断ってるんだよ。それでもいいって言われても、こっちだって後味悪いし」

「……。瀬戸さんのカメレオンが弱ったら、俺のせいですかね？」

「いやいや。江原くんなら大丈夫」

一瞬弱気になった江原に、上平はにっこり笑って太鼓判を押す。いざとなれば自分も手伝うし…と言ってくれる上平が神様みたいに思えた。

断り切れず引き受けたものの、責任は自分にある。瀬戸が帰るまで、カメレオンたちを元気で過ごさせなくては。そんな強い思いがあって、江原は休憩時間にも瀬戸の部屋へ様子を見に戻った。幸い、緑水館から瀬戸のマンションまでは自転車なら五分もかからない。ちゃんと無事でいるのを確認し、店へ戻り、閉店時間である八時を過ぎた頃だ。バックヤードに置いてある自分の携帯が鳴っているのに気づいた。客商売でもあるので、個人の携帯は店内では持たない決まりがある。

「……あ。瀬戸さん」

誰だろう…と思って携帯を見ると、瀬戸の名前が出ていた。昨日、カメレオンの世話を頼まれるまで、瀬戸の電話番号も知らなかった。毎日、瀬戸は店にやって来るので、電話番号を聞く必要もなかったのだ。

恐らく、様子が知りたくて電話してきたのだろう。営業時間は終わっているので、苦笑しつつ、携帯を開いた。

「…瀬戸さん？」

『あ……うん。…ごめん。今日は何時頃に帰るのかと思って……その、話がしたいから、その時間にまたかけ直すから…』

「皆、元気ですよ。大丈夫。休憩時間にも見に行きましたし。…二時過ぎだったかな」

『え…休憩中に？　そんな、そこまでしなくてもいいよ…』

「俺も気になってたんで。瀬戸さんの大事なカメレオンですから」

ごめん…と詫びる声はとても申し訳なさそうで、また頭上に暗雲を乗せている姿が想像出来た。江原はまだ店にいて、十時頃には帰れると思うので、電話すると伝えた。通話を切り、残っている仕事を急いで片付ける。

カメレオンも気になるけれど、心配して待っているであろう瀬戸を、早く安心させてやりたかった。二時間くらいかかると考えていた仕事を半分の一時間で終え、店をあとにする。途中、コンビニで夕飯用の弁当や飲み物を買い、瀬戸のマンションへ自転車を走らせた。

「ただいま～。お前ら元気か？」

カメレオンは犬みたいに出迎えてくれたりするわけじゃないけど、変わらずにいてくれるだけで、ほっと出来る。それぞれの様子を確認してから、パー子のケージを開けてやり、外に出られるようにしてから、携帯を手にした。

瀬戸の番号に電話をかけ、呼び出し音を聞く。すぐに出るかと思ったけれど、しばらく間が開いて瀬戸の声が聞こえた。

『っ…は…はいっ⁉』

「…瀬戸さん？」

ものすごく慌てた様子な上に、声がやけに響いている。まずいタイミングだったのだろうか。不安に思って気遣う江原に、瀬戸は大丈夫と言うのだが。

「でも、なんか変ですよ？　何処にいるんですか？」

『……風呂…で……頭を洗ってるところだったんだ。江原くん、十時頃になるって言ってたから…まさか、こんなに早くかかって来ると思わなくて…。傍には置いてあったんだけど、気づくのに遅れて、ごめん』

「じゃなくて。瀬戸さん、シャンプーしてる最中だったんじゃないですか？　すみません」

『いや、大丈夫だ。俺の携帯、防水だから』

「……」

そうじゃなくて。本当にとぼけてるなあ…と呆れつつ、風呂を出たら電話くれるように頼んで、通話を切った。すぐにかかってくるだろうな…と予想はしていたのだが、案の定、三分もしない内に携帯が鳴る。

「風呂出たらって、風呂場を出たらって意味じゃないですよ?」

『大丈夫』

苦笑しながら言う江原に、瀬戸はまた大丈夫と言うけれど、どんな状態なのか想像すると笑えてくる。気になって仕様がないのだろうから、とにかく報告するべきだと思い、全員元気だと伝えた。

「パー子もエボ太もエボ美もエボ子も、ジャク太郎もジャク代も、元気です。ちゃんと瀬戸さんのマニュアル通りに世話しましたし、温度も湿度も完璧です。…あ、部屋に帰って来たんで、パー子のケージを開けました。写真とか、撮って送った方がいいですか?」

『いや。ストレスになっても可哀想だから、いい。…そうか。ありがとう。江原くんに頼んでよかった。本当にありがとう』

「……」

礼を繰り返す瀬戸は心から安堵しているようだった。江原としてはそこまで有り難がられるほど大したことをしている意識はなく、こそばゆいような気持ちになる。そのまま通話を切るのも素っ気ないように思え、瀬戸の方の様子を聞いた。

「そっちはどうですか? 研修はどうです?」

『まあ…ぼちぼち。会社の保養所でやってるんだけど、長野って言っても駅とかが近くにない、本当に山の中で…やっぱり家から通うってのは無理だったよ』

「まだ言ってるんですか」

真面目な調子で言う瀬戸をばっさり切り捨て、夕飯は食べたのかと聞く。保養所に食堂があり、そこで研修に参加している者が集まって食事をすることになっているので、もう済ませたと聞き、江原は少し安堵した。

「瀬戸さんのキッチン、マジで使ってない感じで。普段、何食べて生きてるんだろうって心配になりました。まさかコオロギじゃないですよね？」

『いや、さすがに食べないよ』

「冗談です」

明らかな冗談でも真面目に返してくれるのが瀬戸らしい。笑って言うと、瀬戸は困ったように一瞬黙った後、『江原くんは…』と返してきた。

『夕飯は？　食べた？』

「いや、これからです。コンビニで弁当買ってきたんで……あ、部屋の方で食べても平気ですか？」

『もちろん。でも、匂いとかが気になるようなら…』

「全然。…明日も朝から研修なんですか？」

『ああ。同期の結束を固めるだのなんだのって話で、食事も一緒に取らなきゃいけないし、一人になれるのは部屋へ戻ってこられる夜だけってのが、正直しんどい』

「部屋に戻ってもカメレオンいませんしね」

会社では無理のあるキャラを演じている瀬戸にとっての癒しアイテムがカメレオンだ。気の毒そうに言う江原に、瀬戸は声を暗くして『そうなんだ』と相槌を打つ。

『でも投げ出すわけにもいかないから、写真を眺めて頑張るよ』

「写真なんか持って行ってるんですか？」

『ああ。全員の写真を机に飾ってある』

「……」

几帳面な瀬戸のことだから、写真立てなんかに入れて並べているような気がして、江原は引きつった笑みを浮かべた。とにかく、一週間、カメレオンと離れても頑張らなくてはいけないという決意はあるようだ。

「あんま無理せずに頑張って下さい。明日もこれくらいの時間になると思いますけど、帰って来たら電話します」

『ありがとう。待ってる』

「……」

瀬戸は素直に礼を言い、正直な気持ちを口にしているようだったが、江原は妙に照れてしまった。ありがとう、待ってる、なんて。まるで彼女から言われてるみたいだ。急に恥ずかしくなり、もそもそと挨拶して通話を切った。

「……何してんだ、俺……」

瀬戸相手に照れるなんて、有り得ない。それにもし、相手が年下の可愛い女子だったとしても、照れたりしなかっただろう。

「変なの…」

自分が分からず、眉を顰めて顔を上げると、ケージから出たパーソンカメレオンがすぐ近くの止まり木までやって来ていて、驚かされる。自宅でまでこれというのは…。しばらくは慣れないだろうなと思い、小さな溜め息を吐いた。


それでも江原にとってカメレオンは可愛くて、憎めない存在だったから、時間が経つにつれて、大切だという意識が強くなっていった。

「…よし、完璧。じゃ、お前たち、出かけて来るな。また休憩時間には戻って来るし」

押し入れで目覚めた江原は朝からカメレオンたちの世話に精を出し、室内の環境をチェックしてから部屋をあとにした。駐輪場へ向かう途中、携帯から瀬戸にメールを入れる。

朝は瀬戸も慌ただしいだろうし、こっちに対する遠慮もあって、電話してこないのだろうけど。きっと気になっているに違いない。

「…全員元気です…と」

短い文面だが、瀬戸を安心させることは出来る筈だ。送信ボタンを押し、階段で一階まで下りてエントランスから出る。自転車のロックを解除し、乗ろうとした時、返信が届いた。

ありがとう…という短いメールに苦笑する。時刻は九時を過ぎているから、研修はもう始まっているのかもしれない。人目を憚《はばか》って送ってくれたメール。なんとなく嬉しくて、携帯を仕舞って自転車に跨《また》がった。

その日も江原は休憩時間に瀬戸のマンションへ戻り、カメレオンたちの状態を確認した。そして、瀬戸にメールを入れる。朝とは違い、すぐに返信はこなかったが、店が終わり携帯をチェックすると、メールが入っていた。ありがとう。短くても律儀さを感じるメールは好ましいものだ。

だから、携帯の画面を見つめる顔が、自然とにやにやしてしまっていた。

「なに？　彼女から？」

どきりとするような台詞が聞こえ、江原は慌てて携帯を閉じる。バックヤードで携帯を開いていたのだが、いつの間にか上平が近くに来ていた。中身を読まれたわけじゃないのに、何故か疚《やま》しさみたいな気持ちが湧き上がり、つい派手に否定してしまった。

「ち…違います、違いますから！」

「…ご…ごめん…。なんか嬉しそうだったから……そうかなって…。詮索するつもりはなかったんだ」

悪かったと反省されると申し訳ないような気持ちになって、なんて言えばいいか分からなくなる。すみませんと上平に謝り、江原は閉じた携帯をデイパックに戻して大きく息を吐いた。

彼女なんて勘違いをされるような表情だったのか。確かに、瀬戸と話していたり、貰ったメールを読んだり…と言っても読むほどの内容ではないのだが…していると、嬉しくなる。たぶん、いいことをしているという気持ちよさがあるのだ。誰かに頼られたり、それを助けたり。そういう行為からは本能的な喜びが得られる。

だけど、疚しさは抱く必要などない。なんだろうなあ…と自分自身が分からないまま、江原は仕事を終え、帰宅した。

「ただいま。ちょっと遅くなったかも。ごめんな。皆、元気か～？」

カメレオンたちに話しかけ、全員を確認してから携帯を取り出す。メールを見てにやついてしまったことに対する反省があったので、意識して気を引き締めた。

「…江原です。ええと、皆、元気ですので、安心して下さい」

『あ…ありがとう。……江原くん？』

「はい？」

『なんかあった？』

尋ねてくる瀬戸の声は不安げなものだ。自省したら口調も声も事務的なものになっていたらしい。しまった…と焦る江原に瀬戸は続ける。

『うちの子たちは元気でも…店で…とか？』

「いや、違うんです。……昨日よりちょっと遅くなったのは、チチュウカイリクガメが入荷したので、上平さんと寝床を作ってたからで…」

『あ、そうなんだ。可愛いよな。チチュウカイリクガメ。どれくらいの大きさ？』

「まだ小さくて…五センチくらいかな。ほんと、可愛いです。あっという間に売れちゃいそうです」

『そうか』

カメレオンだけでなく、瀬戸は爬虫類全般が好きだ。羨ましそうな相槌は、いつものように店に来られていたら、見られたのに…という残念さが含まれているに違いない。

「瀬戸さんが帰って来るまでに残ってたらいいんですけど」

『だといいな。…あと五日かあ』

五日なんていつも通りの生活を送っていたらあっという間に経ちそうだが、今の瀬戸にとっては長いに違いない。苦笑しつつ、江原は瀬戸の一日について尋ねる。

「瀬戸さん、夕飯食べました？　今日の研修はどうでした？」

最初はカメレオンの様子を伝えるだけでは素っ気ないかと思い、ついでに瀬戸の様子を聞いたのだが、いつしかそっちの方がメインになっていた。お互いの一日を報告しあって、電話を切る頃には暖かな気分になる。心の隅に微かな違和感はあったけれど、見ないようにした。

それを意識すると、瀬戸に伝わって心配をかけてしまう。話して楽しい、メール貰って嬉しい。それは別に悪いことじゃないと、江原は自分に言い聞かせた。

毎日、朝と休憩時間にメールし、夜に電話する。それが日課となり、江原にとっては楽しみとなった。楽しい時間ほど早く過ぎるもので、瀬戸の研修日程である七日間があっという間に過ぎた。

「ただいま〜。…って、こんな風にただいまって言うのも今日が最後かな」

明日には瀬戸が帰って来るという夜。仕事から帰り、カメレオンたちに挨拶した江原は、肩を落として呟いた。頼まれた時は戸惑いを覚えた泊まり込みでの留守番だが、一週間近くが経ち、すっかり馴染んで楽しくなっていた。帰って来てカメレオンが元気でいてくれるとほっとするし、嬉しくなる。その上、瀬戸に電話して色々話せるのだ。

「瀬戸さんは…嬉しいだろうけど…」

愛しいカメレオンの元へ、明日になれば帰って来られる。瀬戸は喜んでいるだろうなと思いつつ、いつものように電話をかけると、予想通り声が弾んでいた。

『江原くんにも長く迷惑をかけたけど、明日には帰れるから』

「いや、そんな迷惑なんて。結構、俺、楽しんでます」

同時に、明日で終わってしまうのを悲しんでいる。そんな気持ちまでは伝えられず、瀬戸の帰宅時間を聞いた。予定ではいつもの帰宅時間と変わらないという話に、江原は内心で溜め息を吐く。

だとすれば、やっぱりこうして瀬戸の部屋へ帰って来て、カメレオンたちに「ただいま」と言うのも今日が最後だ。寂しさを呑み込み、江原は気分を切り替えた。瀬戸はもちろんだが、カメレオンたちだって瀬戸に会いたいだろう。

「明日にはこいつらに会えますね。待ってますよ。瀬戸さんのこと」

『そうかな?』

「いや、きっと待ってると思います」

犬や猫みたいに分かりやすい反応は示さないけど、爬虫類だって飼い主を分かっていて、ほっとしたりする筈だ。きっとそうだと信じ、明日帰って来たら店を訪ねるという瀬戸に待っていると返事をした。

翌日の留守番最終日。江原はいつも以上に念を入れて世話をし、部屋もきちんと掃除した。

「また休憩時間には戻って来るけど、一応、俺は今日で最後なんだ。皆、元気でいてくれてありがとうな」

同じ世話の仕方でも違う人間がやることでストレスが生まれ、体調を崩したりするのではないかと心配していた。けれど、六匹とも問題なく過ごさせることが出来た。それに…。

「お前たちと一緒で楽しかった。瀬戸さんが癒されるって意味、分かるよ」

帰って来てカメレオンがいるという生活は、想像以上にいいものだった。ありがとう…と改めて礼を言い、仕事へ出かける。瀬戸へ報告メールを打つのも残り僅かだと思うと、しんみりしてしまう。

「なんか江原さん、今日、元気ないですね」

風邪でもひいたんですか？　と鳥海に聞かれ、慌てていつも通りだと答える。留守番が終わってしまうから寂しいのだとは誰にも言えない。休憩時間に瀬戸の部屋へ戻ると、これが本当に最後だと思い、一匹一匹に別れを告げた。

置いていた荷物も持ち、瀬戸の部屋をあとにする。店に着き、更に落ち込んだ気分をごまかす為に、いつも以上に懸命に働いた。藁《わら》や砂や水にまみれて幾つものケージや水槽を掃除している内に、時間は過ぎていく。

「江原くん」

店の隅っこに座り込み、アマゾンツノガエルを捕まえるのに苦労していた江原は、突然聞こえた瀬戸の声に驚いて飛び上がった。捕まえていたものを弾みで放してしまい、アマゾンツノガエルが通路を飛び跳ねる。

「あっ…待て！」

「ごめん、ごめん」

自分が突然声をかけたせいだと謝り、瀬戸は慌てて江原と共にアマゾンツノガエルを捕まえる。幸い、狭い場所に潜り込まれることもなく、無事に捕獲してケースへ戻せた。

「ありがとうございます。…すみません、瀬戸さん、もっと遅いかと思ってたんで」

「予定より早い電車に乗ることが出来たんだ」

「部屋には?」

「ちょっと寄ってきた。やっぱ、気になって」

小さく照れ笑いする瀬戸は、いつもの仕事帰りとは違う。研修でもたくさんのストレスがあった筈だが、頭に乗せている暗雲がないのは、一週間振りに愛しいカメレオンたちに会えたからなのだろう。カメレオンを見て瀬戸が浮かべる笑みは純粋で綺麗だと思える。

寂しくはあるけれど、瀬戸がこんな顔をして笑っているのだから、やっぱりよかった。江原はそう思い、自分の気持ちを押し込めて、「大丈夫でしたか?」と聞く。

「ちゃんと瀬戸さんのマニュアル通りにやってたつもりだったんですが…おかしなところとか、ありませんでしたか?」

「全然。本当に江原くんに頼んでよかったよ。どのケージもきちんと管理されてて、全員状態もよかった。大変だったろ。江原くんにお礼がしたいんだけど…」

「お礼なんて、いいですよ。…それより、…あの、よかったら…店上がってから飯とか…。

瀬戸さん家に誘いに行きますから」

話したいことは山ほどあるけれど、まだ営業中だし、仕事も残っている。店を出たら連絡すると言う江原に、瀬戸ははっとした表情で頷いた。

「分かった。ごめん、仕事中に邪魔して…」

「いや、俺も色々ゆっくり話したいですし」

家で待ってる…と言い残し、瀬戸は上平に挨拶だけして帰って行った。いつもは店に来たらしばらくカメレオンのエリアから動かないのだけど、今日は自宅のカメレオンの方が気になるのだと思われた。

カメレオンたちも瀬戸に会えて嬉しいに違いない。かく言う自分も。カメレオンに関して瀬戸が浮かべる笑みは、やっぱり可愛い。可愛いなんておかしな表現だが、それしか言いようがない。

そんなことを思いながら、江原は急いで仕事を片付けた。仕事が終わっていれば、閉店したらすぐに帰れる。黙々と働き、閉店時間である八時を少し過ぎたところで、江原は店を出た。

自転車に乗り、瀬戸の部屋へ向かいながら、そこでようやくはっと気づいた。別に瀬戸の部屋まで行かなくても、電話して待ち合わせればいいのでは？　瀬戸のマンションは江原の自宅と緑水館を挟んで逆方向にある。瀬戸のマンションまで行くと、また店の方まで戻って来なくてはいけなくなる。

何してんだ…と呆れながらも、そんな約束をした自分の気持ちが分かっていた。瀬戸の部屋へ行けばカメレオンたちに会える。休憩時間に訪れた時、これが最後と思ったけれど、もう一度機会がありそうなのが嬉しかった。

ただ、昨日までとは違って、「ただいま」なんて声はかけちゃいけない。瀬戸のカメレオンであって、自分のペットではないのだから。それを意識し、マンションの駐輪場へ自転車を停め、部屋へ上がった。

合い鍵はまだ持っていたが使わずにインターフォンを押した。返事はなく、直接ドアが開けられる。

「お疲れ」

「お待たせしました。…瀬戸さん、カメレオン見てもいいですか?」

「もちろん」

部屋に上がってもいいかと聞く江原に、瀬戸は快諾し、先に部屋へ入って行く。昨日まで一人で帰って来ていた部屋に迎えられるのが、なんだか変な気がした。お邪魔します…と言い、靴を脱いで奥へ進む。

「……どうですか？」

カメレオンのケージを前にすると、つい「ただいま」と言ってしまいそうになるのを抑え、瀬戸に聞きながらカメレオンたちの様子を見る。パー子は既にケージから放たれており、止まり木の上でじっとしていた。

「全然問題ないよ。エボ美がちょっと心配だったんだけど、状態よくなってるし」

「えっ。そうだったんですか？」

「うん。江原くんに言うと、神経質になるかと思って言わなかった。江原くんがまめに面倒見てくれたお陰だと思う。俺よりずっと上手に飼えるよ」

「まさか、まさか」

本当は元気がなかったというエボ美を見て、江原はほっと息を吐く。留守番を始めた時は、六匹とも元気そうに見えて、エボ美の体調が悪いなんて分からなかった。でも、聞いていたら神経質になっていたであろうことは確実で、瀬戸の対応に感謝した。

「すみません。瀬戸さん、本当はエボ美が心配だったんでしょう。俺、気づいてなくて」

「何言ってんだよ。だから、江原くんのお陰で元気になったって言ってるじゃないか。……それより、お腹空かないか。先に食べに行こう。お礼に奢《おご》らせてくれよ」

瀬戸を長く待たせてしまっていた江原は慌てて詫び、カメレオンたちに別れを告げた。

寂しくても瀬戸に頼めばこうしていつでも見せて貰える。瀬戸と共にマンションを出て、近くの居酒屋へ向かった。


案内されたボックス席に着くと、取り敢えずビールを先に頼み、乾杯した。お疲れ様でした…と労う江原に、瀬戸は真面目な顔で世話になったのは自分だからと言う。

「江原くんには感謝してもしきれないよ」

「俺も楽しかったです。店のやつでも可愛いなあって思うんですけど、愛着の湧き方が違いますよね」

「そうだろ? どう? 江原くんも」

「いやいや。俺には瀬戸さんのカメレオンたちがいますから」

一週間、一緒に暮らしたカメレオンたちを大切に思っている。自分で飼わなくても瀬戸のカメレオンがいるから…と答え、メニュウを決める。お互い、空腹であるから、ご飯ものなども先に頼んでしまい、運ばれてくる料理を適当にシェアして食べた。

「ところで、研修って一週間も何やってたんですか?」

「うーん…ビジネスマナーとか、法律の勉強とか、対応の仕方とか…」

「法律って……クレームとかの？」

瀬戸が働いている部署はコールセンターから回って来る、対応が難しい案件を処理するところだと聞いた。消費者云々…といった法律だろうかと思い、尋ねる江原に瀬戸は浮かない表情で首を横に振る。

「いや、社内的な問題…というか。一応、俺も部下を抱えているような身の上で、これからもそういう責任が大きくなっていくから、なんていうか、リーダー研修的な」

「はあ」

会社勤めを長くした経験のない江原には想像のつかない内容で、曖昧に相槌を打った。瀬戸の表情を見ている限り、楽しくなかったのだけは分かる。そもそも瀬戸は社内では違うキャラを演じている様子だ。

「この前、品川で会った時。瀬戸さん、同僚の女の子たちの前ではやけにはきはきしてたでしょう。研修中もあんな感じで？」

聞いてもいいかどうかは分からなかったが、気になっていたから窺うような具合で尋ねてみる。江原の指摘に瀬戸は微かに眉を顰め、深い溜め息を吐いた。

「あ、すみません。俺、余計なことを…」

「いや、別にいいよ」

江原くんが悪いわけじゃない…と言い、瀬戸はビールのジョッキを手にする。アルコールの力を借りようとでもしているみたいにごくごく飲んでから、自身の暗い過去を江原に話し始めた。

「…俺、昔はいつでもあんな感じだったんだよ」

「ええと……爽やかな笑顔で…?」

「うん。江原くんは緑水館でカメレオン見てる俺しか知らなかったから、驚いたかもしれないけど、逆に会社の奴らはああいう俺に驚くと思う。爬虫類が好きでカメレオンを飼ってることも、誰にも言ってないし」

「そうなんですか?」

「ああ。俺がカメレオン好きになったのには理由があるんだよ…」

ぽつりと呟く瀬戸の頭上にはいつもの暗雲が発生しており、江原は「もういいです」と聞くのを遠慮した方がいいかと思ったのだが、瀬戸には話したげな雰囲気もあった。何も言わず、ビールを飲んで瀬戸の言葉を待つ。瀬戸はジョッキに残っていたビールを飲み干してしまってから、話を続けた。

「…自分で言うのもなんだけど、子供の頃からなんでもそつなくこなすタイプで、勉強だってスポーツだって出来たし、顔とかもそんな悪くない方だから、苦労がなかったんだよ。

明るく笑って場を盛り上げることとかも苦じゃなくて、そういうキャラでいるのも全然平気だった」

「確かに、瀬戸さん、格好いいですしね。スーツ着てると、いかにも出来そうなサラリーマンって感じ」

「っていうのを自分でも分かってて…だから、過信があったんだ。大学卒業して、第一志望だったエナジアに就職出来て、自分の人生は順風満帆だと思ってた。仕事で難関にぶつかったとしても、自分なら打破出来るって…本気で思ってたんだよな」

「…なんか、仕事で失敗とかしちゃったんですか？」

「いや。考えてもいなかったトラブルに…巻き込まれたんだ」

瀬戸の表情は更に暗くなり、彼の周辺は今にも豪雨が降り出しそうな暗さになっている。どんなトラブルなのだろう。息を呑んで話の続きを待つ江原に、瀬戸はまさに「考えてもいなかった」トラブルの内容を打ち明けた。

「配属された部署の上司が女性で……課長だったんだけど、その人に気に入られてしまったんだよ」

「え……？」

「当時、四十…か四十一くらいだったかな。ずっと独身でキャリアを積んで来たって人で…確かに仕事は出来るのかもしれないけど、性格に難ありというか…癖のある人で。それでも自分ならうまく立ち回れると思ってた。…だけど、…うまく立ち回った結果、真剣に告白されてしまうようなことになって…。俺にとってはまさかって事態だったから、すぐに断ったんだ。そしたら、逆恨みされて……セクハラされたって社内で訴えられたんだよ」

「…！」

何処かで聞いたような話だ。逆パターンだが。まさに考えもしなかった展開であろう。江原も驚いてしまい、摘んでいた枝豆を喉に詰まらせてしまう。

「っ…ごほっ……。…す…いません…っ…、…え、マジですか？　その話」

「こんな嘘を吐く必要が何処に？」

額に縦線が入っている暗い顔のまま、瀬戸は唇の端を歪めてシニカルな笑みを浮かべる。通りかかった店員にビールのお代わりを頼んでから、はーっと大きな溜め息を零した。

「うちの社内にはセクハラ対策委員会みたいなのがあるんだけど、そこから呼び出されて、問い詰められて…。必死で濡れ衣だって訴えて……その課長ってのが以前も似たような騒ぎを起こしていて、その時の被害者だった人が俺を庇《かば》ってくれて、なんとかことなきを得たんだけど…。そこから課長のパワハラが始まってさ」

「逆に訴えてやればよかったじゃないですか。パワハラ対策委員会もあるんでしょ」

「でも、そんなことをすれば社内での出世はなくなり、定年まで冷や飯食いになる。男の世界は女と違って、分かりやすい勝ち負けでは出来てないいんだよな」

「はあ…」

瀬戸の言う意味も納得出来て、江原は思わず腕組みをしてしまった。大企業に就職し、スーツを着て働いているサラリーマンというのが勝ち組で、自分みたいに就職に失敗し、バイトで食いつないでいるようなのを、負け組というのだと思っていたけれど。

「同期の奴とかも、他の課の課長とか、とにかく男は皆、理解を見せてくれていたから、俺も明るく振る舞って、なんとか頑張りますって言ってたんだけど…。仕事を与えて貰えなかったり、逆にめんどくさい仕事ばかり大量に回されたり…色々ストレスが溜まってさ。次第に家では暗い顔でいるのが普通になってきて……ああ、これが俺の本当の顔だったんだなって分かった。全然意識してなかったんだけど、無理してたんだよ。でも、会社でまで暗い顔でいるわけにはいかなくて、元通りのキャラを演じてた。そうこうしてる内に異動になって…ようやく、課長から離れられる、仕事が出来るって…」

「よかったじゃないですか」

「思ったのも束の間、異動先が今の部署……つまり、女性しかいない部署だったんだ」

明るい兆しが見えたのかと思い、合いの手を入れた江原は、話を最後まで聞いて顔を引きつらせる。

「それも課長の差し金で、異動する時に『若い子ばかりだから満足でしょう』とか言われてさ…。もう、若いとか年取ってるとか、関係なく、女には関わり合いたくないってしみじみ思って…だから、会社にいる時は言葉も態度も慎重にして…空気になりたいって思いながら…過ごしていた」

それがマイナスイオンの空気に繋がるわけか。江原が「はあ」と頷くと、瀬戸が追加したビールが運ばれてくる。江原もお代わりを頼み、ジョッキを手にする瀬戸を見た。

「…そのストレスから逃れる為にカメレオンを?」

カメレオンを前にしている瀬戸はいつも嬉しそうで、作り物ではない笑みを浮かべている。爬虫類…なかでもカメレオンに出会えたのは運命だったと、瀬戸は真剣な表情で語った。

「休みの日に偶々通りかかった緑水館に入ったら、一階のアクアリウムがすごく綺麗で、気分転換になったから時折行くようになったんだ。二階に上がったのはちょっとした好奇心ってやつで…そこで、カメレオンが売ってるって知って驚いた。カメレオンだけじゃなくて、爬虫類初心者だったから他にも色々驚いたんだけど……カメレオンは特別で…。見てるだけで癒される。周囲に溶け込んで、敵から見つからないようにしてるっていうのが…共感出来るんだ」

「……」

マイナスイオンの空気にならなくてはいけない瀬戸にとって、カメレオンは憧れでもあったのかもしれない。擬態して見つからないように生きていきたい。そんな気持ちを心の底に抱きながら、会社に通っているのだろうから。

「それからカメレオンのことを勉強して、緑水館にも毎日通うようになって…。自分で初めてカメレオンを飼った時は本当に嬉しかった。カメレオンに出会って、ようやくバランスが取れるようになったというか…。カメレオンがいなかったら、俺は今頃、病気だったと思う」

さっきまで瀬戸の周囲は真っ暗だったのに、カメレオンの話を始めただけで、さーっと光が差し込んだみたいに明るくなった。瀬戸にとってカメレオンは大切なペットというだけでなく、危機から救ってくれた恩人みたいなものなのだろう。

「…よかったですね」

カメレオンに出会えて。心を込めて言うと、瀬戸は小さな笑みを浮かべて頷いた。作っている笑みじゃなくて、自然に生まれた笑みだと分かるもので、ほっとする。瀬戸に出

今月のおススメ
かつおのタタキ

会った当初、なんて暗い奴だと思ったりもしたが、今思えば、愛想笑いの瀬戸でなくてよかったと思う。

「会社バージョンの瀬戸さんと知り合ってたら、こんな風に仲良くなれなかったかもしれません」

「会社バージョンって…。…うん、まあ、そうかもね。俺もあんまあれ、好きじゃないんだよ。でも、突然暗くなるわけにもいかず…。難しいな。生きていくのって」

「そうですねえ」

でも、いいことだって、楽しいことだってたくさんある。自分たちにはまず、カメレオンという存在がある。江原は瀬戸の研修疲れを癒す為にも、彼が留守の間に入って来たカメレオンの幼体の話や、他の爬虫類の話などを披露した。いつまでも話は尽きなくて、いつしか深夜近いような時間になっていた。

すっかり話し込んでしまい、時計を見て慌てて店を出た。翌日もウィークデイで、お互い仕事がある。瀬戸と別れ、江原は久しぶりに自宅であるアパートへ帰った。

「はあ……」

一週間の間、一度だけ、着替えを取り替えに戻って来た。さほど空気が籠もった感じはせず、普通に電気を点けてデイパックを下ろしたが、なんとなく寂しいような気がして溜め息が零れる。

当然ながら、江原の自宅にカメレオンはいない。瀬戸と長く話していたせいか、昨夜まではそれとなく生き物の気配のある場所で暮らしていたせいか。恋しいように思うが、自分で飼うのはやはり躊躇いがある。

「…店に行けばいるし、瀬戸さんとこにだって、いつでも行けるんだから」

独り言で自分に言い聞かせ、ベッドに寝転がった。ビールで酔ってしまったし、風呂は明日でいいと思い、目を瞑《つぶ》る。ベッドで眠れるのは快適な筈なのに。なんだか全てが寂しく感じるのを、江原は怪訝に思いつつ、自宅での一夜を明かした。

ビールのお陰でぐっすり眠れたけれど、目覚めてもその寂しさは変わらなかった。

「……」

昨日までは起きてすぐにカメレオンたちに挨拶し、世話を始めたけれど、今日は必要ない。時刻は八時過ぎ。瀬戸はもう出社しているだろうと考えながら、のろのろと風呂場に向かい、シャワーを浴びた。

家にいてもなんだか虚しいような気がして、早めに出かけた。店へ向かう途中、瀬戸にメールを入れる必要もなくなった。だから、瀬戸から返信が来ることもない。

「……」

でも、夜には会える。緑水館に顔を出すのが瀬戸の日課なのだから。昨夜は楽しかった。時間を忘れて誰かと話し込むなんて、久しぶりだった。その話題が苦手としていた爬虫類ネタだというのはちょっと信じられない気もするが、瀬戸と話しているだけで楽しかった。

また、瀬戸と食事に行きたい。瀬戸の家のカメレオンたちにも会いたい。でも、昨日の今日というわけにはいかない。どれくらい月日を置くのが普通だろうか？　江原が頭を悩ませつつ店に着くと、上平は既に出勤して来ていた。

「おはよう。早いね」

「おはようございます。いや、昨夜、早めに上がらせて貰ったんで…」

「江原くんの仕事はちゃんと終わってたじゃないか。そんなこと、気にしなくてよかったのに」

優しく言ってくれる上平に、なんとなく寂しくて早めに出て来てしまったとは言えず、曖昧にごまかして指示を仰いだ。江原は頼まれた仕事を片付けながら、上平が自宅で飼っている動物たちについて尋ねる。

「上平さん、家でも色々飼ってるじゃないですか。そっちの世話してから、出て来るんですよね?」

「ああ。まあ、世話っていっても慣れてるから、知れてるし。すぐに終わるよ」

「楽しいですか?」

江原が向けた問いは上平にとって思いがけないものだったようで、目を丸くする。今更…といった質問でもあったのだろう。少し間をおき、「まあね」と答えた。

「ごめん。なんか、当たり前になり過ぎてて、楽しいとか、考えることもなくって」

「でも、全部いなくなっちゃったりしたら、寂しいでしょう?」

「それは困るよ。やることがなくなっちゃう」

「はあ」

真剣な顔で言う上平は、瀬戸とは違った意味合いでペットの存在を捉えているようだった。瀬戸はカメレオンたちを目に入れても痛くないほど溺愛しているけれど、上平はそういう風には見えない。

「俺が色々飼ってるのは可愛いってのもあるけど、何より世話が好きなんだ。世話してると何も考えずにいられるから」

「…もしかして、だから、店にもずっといるんですか?」

「まあね。ぼんやりしてるの、嫌いなんだよ」

そういう理由もあるのか…と江原は目から鱗《うろこ》が落ちる気分だった。世話や管理がめんどくさいという人間もいれば、逆にそれが好きだという人間もいるのである。上平にとって今の仕事は天職に違いない。

「なに？　瀬戸さんのところのカメレオンたちの面倒見てたら、江原くんも飼いたくなった？」

「いや。俺には無理だと…思ってますけど…」

「江原くんなら全然無理じゃないって。…ただ、生き死にに関わる問題もあるから、強く勧められないけどね」

「……」

上平が少し声を落としてつけ加えた台詞に、江原はどきりとする。カメのように人間よりも長く生きる動物もいるが、大抵の動物は人間よりも寿命が短い。それに爬虫類たちの大半は本来いるべき環境とは全く違うところへ連れて来られている。

店では幼体を扱うことが多く、入荷時から弱ってしまっているものなどは、懸命に世話をしても残念ながら命を落としてしまう。犬を扱っていた時はブリーダーの元で安定した状態になった子が入荷されて来ていたので、そういうことは滅多になかった。だから、衝撃を受けたりもしたのだけど。

「…カメレオンって寿命はどれくらいなんですか?」

「種類によって違うね。まあ、大体、五年とか…。二、三年で死んじゃう子もいるし…。パーソンカメレオンみたいな大型種になると十年以上生きるのもいるっていうね」

「……」

それでも十年なのかと、寂しくなった。分かっていたつもりでも、現実は厳しい。パー子も…パー子だけでなく、他のカメレオンたちも、ずっと一緒にはいられないのだ。

それを瀬戸は分かっているだろうし、長い間、カメレオンを飼っているのだから、これまでだって別れを経験してきているだろう。そう思うのに、無性に心配になる気持ちが消えなかった。


もしも、瀬戸のカメレオンに何かあったら。瀬戸はひどく動揺するのではないか。そんな江原の予感が当たったのは、それから一月ほどが経った頃だった。

研修中の一週間、カメレオンの世話をしたことで、江原と瀬戸の仲は急速に親しいものになった。前と同じく、瀬戸は毎日緑水館に通って来ていたから、欠かさず会えたし、週末には仕事帰りに瀬戸の部屋に寄ってカメレオンたちに会ったり、食事に出かけたりした。

一緒に過ごしているだけで楽しい相手が出来ると生活にも張りが生まれる。江原はそれまで以上に仕事を熱心にこなし、苦手なヘビ以外の爬虫類に関する勉強にも精を出した。

そんなある晩。瀬戸がいつも以上に浮かない顔で店にやって来た。

「…瀬戸さん？」

仕事帰りの瀬戸は相変わらず、暗雲を頭上に乗せて現れるのだが、それにしても…と思うほど、暗い雰囲気であるのがすぐに見て取れた。偶々、店の出入り口近くを掃除していた江原は、思わず眉を顰めて声をかける。

「何かあったんですか？」

「……」

江原の問いかけにはっとした表情になり、瀬戸はしばし固まった後、首を横に振った。なんでもない…と答え、カメレオンのエリアへ向かう。否定はされたけれど、瀬戸の様子がおかしいのは明らかである。

どうにも気になって、江原は仕事をしながら瀬戸を気遣っていた。カメレオンを見ている姿にも精彩がないように感じ、心配になる。だが、仕事上の問題ならば自分には話を聞くくらいしか出来ない。

　仕事帰りにちょっと寄ってもいいかと聞いてみようか。カメレオンが見たいという口実で、ついでに瀬戸の話を聞いてあげられたら…。そんなことを考えていた江原の前を通り、上平がカメレオンのエリアへと近づいて行く。カメレオンを見ていた瀬戸に何気ない感じで挨拶すると、彼は上平を呼び止めた。

「……」

　それから二人は何やら話し込み始めた。その内容が気になって、江原は何気ない振りを装って会話に加わろうとしたのだが。

「すみません。このギリシャリクガメが欲しいんですけど」

「え…あ、はい」

　タイミング悪く、客に話しかけられてしまい、断念せざるを得なくなる。生体の販売であるから、商品をぴっとレジに通して終わり…というわけにはいかない。客が初心者であるのか、既にカメを飼っているのかなど、いろいろと話すことも多いから時間がかかる。

　接客をしながらも気になっていたのだが、上平との会話に加われなくても、瀬戸はいつも長居するから後で聞けばいいだろうと考えていた。だけど。

「そうなんですか。格好いいですよね。ウォータードラゴン。でも、皮膚感がいい状態に仕上げるには管理が難しくないですか？」

「そうなんだよね。やっぱトサカ作ってなんぼだし」

衝動買いでなく爬虫類を買おうという客は、大抵マニアで、他にも色々と飼っている場合が多い。そういう話を聞くのも仕事の一つで、一度の接客が長くなりがちなのだが、その時も例外ではなかった。つい、話し込んでしまっていると、瀬戸が客の後ろを通り過ぎていく。

「……」

目だけで「また来るよ」なんて挨拶していく瀬戸に、思わず「待って下さい」と言いそうになったが、勝手に気になっているだけで用があるわけではない。接客中でもあったし、涙を呑んで見送るしかなかった。

それから結局、他の客がいなかったこともあり、ギリシャリクガメの客と閉店間際まで話していた。ありがとうございました…と見送ってから、江原は急いで上平を捜した。上平はバックヤードで餌や資材の入った段ボールを開封しており、血相を変えてやって来た江原に驚いた顔を見せる。

「ど…どうした？」

「あのっ…瀬戸さん、なんか言ってましたか？」

瀬戸さん？　と不思議にそうに繰り返してから、上平は「ああ」と呟く。微かに曇った表情が、江原に厭な予感を与えた。

「どうもパーソンカメレオンの調子が悪いらしい。でも、カメレオンに関しては瀬戸さんの方がプロだからね。よさげなことは全部やってるみたいで…俺もこれといったアドヴァイスは出来なくてさ。明日、吉水《よしみず》先生に電話して聞いてみようかと…」

「吉水先生って、動物病院の？」

「ああ。でも、吉水先生も似たようなことしか知らないんじゃないかなと思ってる。人間と違って特効薬があるわけでもないし…」

困ったね…と呟く上平を見ながら、江原はパー子の姿を思い出していた。パーソンカメレオンのパー子は瀬戸が飼っているカメレオンたちの中でも一番大きく、立派なカメレオンだ。存在感はぴかいちで、そのパー子がいなくなってしまったらと思うと、とても心許ない気分になる。

期待は出来ないかもしれないが、緑水館の顧問獣医師でもある吉水獣医師に聞いてくれると言う上平に、よろしくお願いしますと頼み、江原は残っていた仕事を急ピッチで片付けた。

パー子が心配で、パー子を心配している瀬戸が心配で。真っ黒な雲を頭に乗せて姿を現したのには、そんな理由があったのか。話してくれなかったのはショックだったけど、自分に話したところで解決策は得られないという瀬戸の気持ちはよく分かる。まだまだ知識の浅い自分が悪いのだからと思い、仕事を終えた江原は閉店するとすぐに瀬戸のマンションへ向かった。

とにかく瀬戸に会いたくて自転車を走らせたが、マンションの駐輪場に自転車を停めたところではっとした。パー子の具合が心配でも、自分が訪ねることがストレスになってしまったら？

慌てて携帯を取り出し、瀬戸の番号に電話をかける。呼び出し音が鳴り始めてすぐに瀬戸の声が聞こえた。

『江原くん？　どうした？』

「あ、あの、瀬戸さん。パー子が調子悪いって…」

『あー…上平さんか。…うん…まあ…そうなんだけど…』

「俺、心配で。今、下にいるんです」

『下って…うちの？』

はい…と返事する江原に、瀬戸は「ちょっと待って」と言って通話を切った。携帯を手にしたまま、駐輪場の前で立っていると、部屋着姿の瀬戸が現れる。

「江原くん」

「すみません。なんか、心配で…パー子の様子が見たくて来ちゃったんですけど、よく考えたら、俺が部屋に入るのがストレスになるかなって…」

驚いた表情だった瀬戸は、申し訳なさそうに江原が言うのを聞き、苦笑を浮かべた。緩く首を横に振り、「そんなことない」と小さい声で言う。

「江原くんは大丈夫だよ。見て行く?」

「いいんですか?」

頷く瀬戸の後に続き、江原はマンションのエントランスから中へ入った。エレヴェーターが上階へ行ってしまっていたので、隣の非常階段を上がる。先を行きながら、瀬戸はパー子の様子を伝えた。

「パーソンカメレオンは大型だから、体力もあるんで、状態が悪くなってるのに気づくのが遅れるんだよ。気をつけて見てたつもりだったんだけど…」

「いや、瀬戸さんは完璧だと思います」

「そんなことはないけど…。パー子は五年目で、まだもう少し生きてくれる筈なんだけどな」

部屋に着くと、瀬戸は鍵を開け、江原を招き入れた。いつも瀬戸の部屋に入る際は、微かに緊張して…カメレオンたちに気を遣って…入るのだけど、いつも以上に慎重に足を踏み入れた。

「………」

瀬戸が帰宅すると、パー子のケージは扉が開けられ、放し飼いにされる。室内に配置された止まり木を伝い、パー子は自由に動き回っているのだが、今はケージの扉が開いていてもその中でじっとしている。

確かに元気がなく、心配になるが近寄って手を差し伸べるわけにもいかない。江原は不安げな表情を浮かべ、瀬戸を見た。

「瀬戸さん…」

「江原くんがそんな泣きそうな顔しなくても…」

困惑を強く滲《にじ》ませる江原に、瀬戸は再び苦笑する。床に腰を下ろし、パー子がいるケージを見上げながら、溜め息混じりに説明した。

「一昨日辺りにおかしいって気づいて、色々試してみても状況が余り改善しないんだよね。困ったなって思ってて、上平さんにも聞いてみたんだけど、同じようなことしか知らなくて…」

「上平さん、吉水先生に聞いてみるって言ってました」

「うん。俺にも連絡くれるって言ってた。…けど、吉水先生より上平さんの方が詳しいからなあ」

「……」

その上平に自分以上に詳しいと言われてるのが瀬戸だ。その瀬戸が手詰まりとなると、もう方法はないのだろうか。江原は瀬戸の前に正座し、真面目な顔で自分に出来ることはないかと聞いた。

「俺に出来ることならなんでもします…あ、日光浴とか。瀬戸さん、平日は会社だから日光浴させてあげられないでしょう。俺、休憩時間に来ますよ」

「ありがとう。こうやって心配してくれるだけで、十分だよ」

「俺、パー子に長生きして欲しいんです」

パー子が死んでしまったら瀬戸は悲しむだろう。パー子に元気でいて欲しいと思うのはもちろん、落ち込む瀬戸を見たくないという気持ちも強かった。真剣な調子で江原は続ける。

「俺なんかまだまだ素人で、頼れるところなんか少しもないかもしれないんですけど…。瀬戸さんがしたくても、会社とかあって出来ないこととかがあるなら、代わってやります。俺は近くで働いてるし、時間の融通だってききますんで」

「……」

江原の話を聞いた瀬戸は困ったように眉を顰め、顔を俯かせた。視線を上げないまま、

「ごめん」と小さな声で言う。

「江原くんに言わなかったのは頼りがいがないからとかじゃなくて、心配かけたくなかったからなんだ。…上平さんはやっぱプロで、ドライに考えられるけど、江原くんは違うだろ」

「……」

どきりとする指摘に、江原は何も言えなかった。確かに自分は上平のようには考えられない。上平の対応はペットショップの店員として、正しいものだ。状態を回復させる方法を共に考え、獣医師にも当たるというのだから、通常の店員以上でもある。

だが、自分はそれ以上に踏み込んでいる。客が飼っているペット、ではなく、瀬戸が飼っているパー子を助けたい。そういう思いを抱くだろうから、心配をかけたくなくて相談しなかった…というのは……正しいのかもしれないが…。

なんだか無性に寂しく感じられて、江原は肩を落とした。その落ち込みようは瀬戸にも伝わり、彼は慌てて「違うよ」と声高に否定する。

「江原くんがプロじゃないとか、そういうんじゃないからな。俺は…本当に江原くんを心

配させたくなくて…。このまま状態が悪くなっていくか、突然よくなるか、俺にも分からないんだ。もしもよくなったら、江原くんに心配かけるだけ、申し訳ないじゃないか」

「…そんな、申し訳ないとか、言わないで下さいよ」

「……」

「俺だって……パー子を大事に思ってるんですから」

しみじみとした口調で言う江原を、瀬戸はじっと見つめた。困ったような…寂しげな江原の表情を見据えたまま、「ごめん」と謝る。

その後、瀬戸は何も言わなくなってしまった。本当は食事にでも誘いたいところだったが、パー子の調子は悪いし、そんな雰囲気でもない。江原は「帰ります」と告げ、立ち上がった。

玄関までついて来た瀬戸に、ここでいいと言い、突然押しかけてしまったのを改めて詫びる。

「すみませんでした。…でも、ほんと、なんかあったら言って下さい。俺…」

「明日…」

「え?」

「明日さ、もし…迷惑じゃなかったら、パー子を日光浴させに来てくれないか?」

「……」

自ら提案したものの、やんわり断られた申し出を瀬戸が受けてくれたのに、江原は表情を引き締める。「いいんですか？」と尋ねると、瀬戸は苦笑を浮かべ、そう聞かなきゃいけないのは自分の方だと言った。

「江原くんには迷惑ばかりかけてるから…」

「何言ってるんですか！　全然、迷惑なんかじゃないですし。一番、晴れてる時間帯狙って来ますんで。あ、日光浴用のメッシュケージって…」

「用意しておく」

よろしく…と頼む瀬戸ははにかんだような笑みを浮かべている。問題は依然、解決していないけれど、店に姿を現した時の暗い雰囲気とは比べものにならない。自分の存在が瀬戸にとって少しはプラスになってるのだろうか。そうだといい。そう願いながら、江原は瀬戸から合い鍵を預かって、家路に就いた。

幸いにも翌日の天候は晴れで、雲一つない晴天であった。ここは上平にも協力を仰ぐべきだと思い、江原は休憩時間に瀬戸のカメレオンを日光浴させに行くのだと告げた。

「そうだね。それはいいかもしれない。瀬戸さんだから、メタルハライドライトなんかを適切に使ってはいると思うけど、太陽光に勝るものはないしね」

「ちょっとでもプラスになるといいんですけど。そういうわけなんで、パー子の状態次第では時間通りに帰って来られないかもしれないんです」

「分かった。あんまり大幅にオーバーしそうなら連絡入れて」

上司でもある上平の同意を取りつけられ、江原はほっとしつつ瀬戸のマンションへ向かった。休憩時間に瀬戸の部屋を訪れるのは久しぶりである。留守番していた時のことを思い出しながら、瀬戸の部屋へ入り、パー子をケージから誘導する。

「パー子、頑張れ。瀬戸さんの為にも頑張ってくれ」

小声で声援を送りつつ、メッシュケージへ移動させたパー子をベランダへ出す。日中留守にする瀬戸は部屋の温度管理を適切に行う為に、遮光カーテンを閉め切った状態にしてある。明かりが点っているから暗くはなかったのだけど、晴れた屋外は眩《まぶ》しく感じられた。

「今日は気温も上がって気持ちいいな、パー子。暑くはないよな？」

パー子の様子を見ながら、ケージをベランダの物干し竿《ざお》に引っかける。南に面した瀬戸の部屋のベランダには太陽の光が降り注いでおり、心なしか、パー子も気持ちよさそうに見えた。

カメレオンだけでなく、恒温動物である爬虫類は日光浴によって体温を調整している。それだけでなく、太陽光からの紫外線によって体内でビタミンを作り、カルシウムを吸収する。その為、飼育する場合には専用のライトなどで温度や紫外線を補うのだが、やはり太陽光での日光浴に勝るものはない。

よく晴れていたから温度が高くなり過ぎないように調整しつつ、江原もパー子と共にベランダにいた。パー子の身体は少しずつ色を変え、黒みを帯びていく。黒化することで効率よく熱を吸収する為だ。

元気になりますように。そう願いながら小一時間余り日光浴をさせ、パー子を部屋へ戻した。大きな変化は見られなかったが、毎日行えば結果が見えて来るかもしれないと思い、他のカメレオンたちの様子も見てから、瀬戸の部屋をあとにした。

店へ戻る前に瀬戸へメールを入れた。「日光浴終了しました。ちょっとだけ気持ちよさそうに見えました。他の子たちも元気です」。そんな文面を送信してから自転車に乗り、店へ向かう。なんとか休憩時間内に戻って来られたとほっとしつつ、裏口に自転車を停めると、メールの着信音が鳴った。

「……」

慌てて携帯を開けば瀬戸からで、「ありがとう」という短いメールが入っている。仕事

中だろうから、返信なんてよかったのに。そう思いつつも嬉しくて、瀬戸の部屋で留守番をしていた時のことを思い出した。

パー子の危機に不謹慎だとは思うが、またあの時みたいに瀬戸に連絡を取れることが嬉しい。そういう気持ちが顔に出ていて、店へ戻ると上平に聞かれた。

「いい感触掴めた?」

「あ…はい。思い過ごしかもしれないんですけど、気持ちよさそうっていうか…」

「江原くんがそう感じたなら、そうなんだよ。よかったね。しばらく続けてみたら?」

「はい。やってみます」

なんでも治せる特効薬を飲ませたわけでもない。地道な努力が実を結ぶのだと信じて、江原は次の日もパー子を日光浴させに瀬戸の部屋を訪れた。そして、次の日も。休憩時間に瀬戸の部屋へ行き、日光浴をさせて報告メールを出す。会社帰りにやって来る瀬戸とパー子の調子について話し合う。そんな日が数日続き、週末となった。

「はあ…」

思わず漏れた溜息は意外と大きな音で、江原は驚いて周囲を見回してしまう。自分で吐いた溜め息にびっくりするなんて。誰もいなくてよかったと思いつつ、コンビニで買って来たおにぎりを囓る。

土曜日。瀬戸の会社が休みだから、パー子を日光浴させに行く必要はなく、休憩時間を持て余すような気分で、店の外で昼食のおにぎりを頬張っていた。午後二時を過ぎているが、瀬戸はまだ現れていない。今日も天気がいいから、パー子を日光浴させているのだろうと思われた。

「……」

瀬戸が自ら世話出来るのはいいことだ。自分だってわざわざ瀬戸の部屋まで行かずに済むから助かっている筈なのに。物寂しいような気分は、留守番を終えた時にも味わった覚えがある。

二個目のおにぎりを食べ終え、ペットボトルのお茶を飲みながら、歩道の向こうを見た。店の前のガードレールに腰かけ、昼食を取っていたのは天気がいいからというだけじゃない。瀬戸が来ないかな…という期待があったからだ。

でも、瀬戸の姿が現れる気配はなくて、諦めて店内へ戻った。コンビニでおにぎりを買って食べただけだから十分も経ってない。

「あれ、江原さん。早いですね。……ああ、今日は土曜だから行く必要ないんですか」

早めに休憩を切り上げた江原に、鳥海が驚いたように聞く。この数日、江原は休憩時間をフルに使っていたから、ぎりぎりにしか戻って来なかった。事情を知る鳥海が一人で頷くのを見て、小さく肩を竦める。

「まあね。助かるよ」

「とか言って、江原さん、なんかつまらなそうですよ」

「…そう?」

顔に出てしまっているのかと、江原は慌てたが、土日は緑水館でも客が多くなる。店に戻ればすぐに忙しくなって、つまらないなんて言ってる余裕はなくなった。

それでも瀬戸のことを気にかけつつ仕事をしていた江原が、待望の姿を見つけたのは夕方になった頃だった。

「江原くん」

「っ…瀬戸さん! あ…あの、パー子は…」

突然呼びかけられ、慌てて振り返ると瀬戸が立っていた。休日だからスーツじゃないし、頭の上にも暗雲は乗っていない。開口一番、パー子の名前を口にする江原に、瀬戸は小さく笑みを浮かべて答える。

「大分元気になったよ。今日も日光浴させて……他のも皆、順番に日光浴させたりして、ケージのレイアウト替えとかしてたらあっという間に時間が経っちゃってさ。で、新しいライトが欲しいんだけど…」

「あ、はい。どういうタイプのやつですか?」

すらすらと話す瀬戸は、この前とは全然違う。昨夜も会っているが、今日の方が明るい雰囲気であるのは、一日カメレオンたちと過ごしたお陰なのだろう。それもパー子の具合がよい方向へ向かっているのが大きいと思え、江原はほっとした。

瀬戸の希望するライトは在庫が切れており、発注する手続きをした。それから瀬戸はいつも通り、カメレオンのエリアにしばらく滞在し、帰りがけに江原に声をかけた。

「江原くん。今日って仕事終わったら予定ある?」

「あ、俺も誘おうと思ってたんです」

食事に行こう…という瀬戸の誘いを快諾し、仕事が上がったら部屋へ行く約束をした。

昼間、来客が多かったせいもあり、閉店してもなかなか仕事が終わらず、瀬戸のマンションに着いた時には十一時近くになっていた。

「うわ…やべ…。夕飯って時間じゃないな」

これはもう、日にちを変えて貰った方がいいだろう。途中で連絡をしてくれれば…と怒られるかもしれない。江原も気にはしていたのだが手が離せず、来た方が早いような気がして電話せずに来てしまった。

　申し訳なさと、怒られる覚悟をして、江原は瀬戸の部屋のインターフォンを押した。もう食事は駄目でも、パー子の様子だけでも見せて貰えたら。そんな気分で待っていると、ドアが開く。

「すみません、遅くなって…」

「お疲れ。パー子見てから行く？」

「……」

　何気ない感じで言う瀬戸は出かけるつもりらしく、携帯や鍵を手にしている。いいのかな…と思いつつも、パー子が気になっていたので、先に見せて貰うことにした。

　数日前、調子が悪いと聞いて訪ねて来た時は、ひっそりと身を潜めるようにしてケージの隅にいたパー子だが、今は部屋の中に配された止まり木の上にいる。元々、パーソンカメレオンは活動的ではないカメレオンなのでよく分からないが、状態がよくなってきているのは確かな気がした。

「食欲とかどうですか？」

「今日の午前中に与えてみたんだけど、食べたよ。持ち直した感じがする」

「よかった…」

パー子の表情は読めなくても、瀬戸の明るい表情に救われる。パー子についてはほっと出来たが、目の前には問題が残っていた。

「すみません、瀬戸さん。連絡したらよかったんですけど、こんな遅くなっちゃって…。もう食べちゃいましたよね？」

瀬戸は出かけるつもりのようだったが、つき合わせるのは申し訳ない。また後日にした方がいいのでは…というニュアンスで聞く江原に、瀬戸は微かに眉を顰めて首を振る。

「いや、食べてないよ」

「えっ。もう十一時ですよ？」

「だって、江原くんと約束したから。待ってたよ」

当たり前のように言うけれど、江原にとっては更に申し訳なくなるような事態だった。連絡しなかった自分の失態を詫びる江原に、瀬戸は訝しげな顔をする。

「連絡出来なかったのは仕様がないし、遅くなったのも仕事なんだから…。そんな謝ることでもないと思うよ」

「……」

「行こうか。大丈夫。遅くまでやってる店を調べておいた」

怒られると思っていた江原は拍子抜けした気分で瀬戸と共に部屋を出た。怒られはしなくても、何かしらの文句は言われると思っていたのに。

瀬戸がネットで調べたという店は、駅近くのビルに入るトラットリアだった。午前三時まで営業しており、二人が店に着いた時も土曜ということもあって大勢の客で賑《にぎ》わっていた。

二人がけのテーブルに案内され、ビールを頼む。江原は二時過ぎにおにぎりを食べたきりだったし、瀬戸も似たようなもので、共に空腹だった。

「何食べよう…。江原くん、何がいい？」

「俺、ピザ食べたいです。あとは瀬戸さんにお任せします」

運ばれて来たビールで乾杯し、前菜やパスタ、ピザなどを頼んだ。運ばれて来る料理はどれも美味しくてビールが進む。細いグラスに入ったビールはあっという間になくなり、ワインを頼む。

「美味しいですね、ここ。知らなかったな。こんな店があるなんて」

「俺も。検索してたら偶然見つけて。江原くんにお礼がしたかったからさ。居酒屋じゃちょっとなと思って」

「お礼って…」

「パー子が持ち直してくれたのは江原くんのお陰だから」

ありがとう…と正面から礼を言われ、江原は無性に恥ずかしくなった。大したことはしてないと慌てて首を振る江原に、瀬戸は白ワインを飲みながら、しみじみとした口調で言う。

「ほら。このところ、週末に天気が悪い日が続いたじゃないか。だから、日光浴が満足にさせてやれてなくて…。続けてさせたら回復するんじゃないかって考えはあったんだけど、仕事あるし、無理だなあと思ってて。…江原くんが言ってくれなかったら…パー子はもっと調子悪くなってたと思う」

「そんな…日光浴くらい、俺がいつでもさせますから。前にも言いましたけど、俺は近所で働いてるんですし、すぐに瀬戸さんの部屋に行ける環境にあるんですから、なんでも言って下さい」

「うん。…でも、なんか…そこまで甘えていいのかなって…いう気がして…」

「……」

視線を落とし、声を低くして言う瀬戸を見ていたら、心臓がどきりとするのが分かった。控え目なその様子が可愛く見えてしまう。以前もカメレオンを前にして屈託のない笑みを浮かべる瀬戸を、可愛く思えた時があったが…。

何かが違ってきているような気がして、江原はすぐには何も言えなかった。なんとか声を絞り出して、「何言ってるんですか」と微かに顔を顰めて返す。

「俺は……瀬戸さんのカメレオンを……大事に思ってるんです。だから……何でも言って下さい」

瀬戸に異変を悟られないよう、わざとワインを飲みながら言った。グラスのワインはすぐに空になってしまい、店員を呼んでお代わりを頼む。グラスワインよりもボトルで頼んだ方がお得ですよ…と勧められ、ボトルで注文した。

「江原くん、いいのか？　明日も仕事だろ？」

「平気です。パー子も元気になったし、なんか飲みたい気分なんです。瀬戸さんは休みなんですから、飲みましょう」

普段はビール程度で、ワインなんて余り口にしないが、なんだか飲まないとごまかせない気がした。何をごまかしたいのか。それ自体を分かりたくないという気持ちもあり、江原は杯を重ねる。

結果。

「……」

「江原くん？　…大丈夫か？」

お礼に奢るという瀬戸に会計を任せ、先に店を出た江原は、急に回ってきた酔いを耐える為にビルの壁に凭れかかっていた。瀬戸の声を聞き、はっと意識を取り戻して振り返る。

「…大丈夫じゃないけど、大丈夫です」

「どっちだよ」

呆れた顔で歩けるか聞いてくる瀬戸に頷き、一緒に歩き始める。自転車は瀬戸のマンションの駐輪場に置いたままだった。道路交通法では自転車であっても飲酒運転となる。うちに置いていった方がいいんじゃないかと勧める瀬戸に、江原は深く頷いた。

「飲酒運転がどうとか言う前に…乗れない気がします…」

「困ったな。タクシー呼ぼうか？　江原くん家まで送るよ」

「平気です。ほんと、大丈夫なんで」

「じゃ、うちで少し休んでいきな。横になってちょっと寝るだけでも違う筈だから」

瀬戸のマンションから江原のアパートまでは自転車ならば十分ほどだが、歩くとなると結構かかる。自分が千鳥足である自覚もあった江原は瀬戸の勧めに甘えさせて貰うことにした。

なんとか瀬戸のマンションに辿り着き、エントランスから中へ入る。エレヴェーターのボタンを押す瀬戸に、江原は深々と頭を下げて謝った。

「すみません…瀬戸さん。迷惑かけて」

「何言ってんだよ。大したことじゃないだろ」

「…瀬戸さん。瀬戸さんはなんでそんなに優しいんですか？」

何でもないことみたいに言う瀬戸の声を聞いていたら、急にせつないような気持ちが込み上げて来た。溜め息混じりに聞く江原を瀬戸は苦笑して見る。

「優しいなんて…言われたことないな」

「優しいですよ。今日だって、あんなに遅くなって…連絡もしなかったのに怒らなかったし。ちゃんと食べずに待っててくれたし」

「だって、それは約束したし…。それに江原くんは仕事だったたじゃないか」

「でも、怒りますよ。俺の元カノだったら電話にも出てくれませんね」

「それは…女だからじゃないか」

腹の立つポイントが違うんだろう…と言いながら、瀬戸はドアの開いたエレヴェーターへ乗り込む。江原もそれに続き、エレヴェーターに乗り込もうとしたのだが、脚がもつれて転んでしまった。

「危ない！」

それを瀬戸がさっと支えてくれる。…と言っても、瀬戸の方が江原よりも小さいから、江原に覆い被さられるような形で、エレヴェーターの壁面に身体をぶつけることになった。

「っ…」

瀬戸が息を呑む声が間近に聞こえ、江原は反射的に「すみません」と詫びる。けれど、急に身体が揺れたせいか目の前が真っ暗で、体勢を立て直すことは出来ず、瀬戸に凭れかかったままでいた。

「…江原…くんっ…。ちょ…っ…大丈夫か？」

「……」

「ごめん……一度、離れて……重い…」

意識が失くなりかけていた江原は、瀬戸の苦しげな声を耳にし、はっとして顔を上げる。すると、真下に瀬戸の顔があって驚いた。どういう状況にあるのか分かっていなかったが、瀬戸を抱き竦めるような体勢で、エレヴェーターの壁に押しつけている。

「……」

もしも江原の意識がまともな状態であったら、慌てて瀬戸の身体から離れ、「すみません」と詫びていただろう。けれど、その時の江原はかなり酔っていた。そして、酔った原因は……瀬戸だった。

間近にある顔は困ったものだが、可愛く見える。どうしてなのか分からないけど、可愛く見えてしまう。いや、どうしてなのか、本当は分かっている。ごまかそうとして飲み慣れないワインを酔っぱらうまで飲んだのはそのせいだ。

一つの事実を認めれば、全てが説明出来る。瀬戸と電話したり、メールしたりするのが楽しいのも。食事に行って、長い時間話しても全然飽きたりしないのも。どんなに些細《ささい》でも瀬戸に関することが全部嬉しく感じられるのも。

一つの言葉で集約出来る。それは…。

「……好きです」

「……え？」

「俺……瀬戸さんが、好きです」

酔いに任せて口走った江原は、自分で驚き、瀬戸の身体から勢いよく離れた。今、何を言ったのか。信じられない気分で息を呑む。目を丸くしている瀬戸の顔が見ていられなくて、エレヴェーターから飛び出した。

「……え…江原…くん…！」

呼び止めてくる瀬戸を振り返ることは出来ず、マンションから駆け出した。さっきまで千鳥足だったのも忘れ、江原は全速力で駆けた。今、俺はなんて言った？　酔っていたせいだと思いたかったけれど、全てを説明出来るその言葉が真実なのだと、哀しいかな分かっていた。

いい加減酔った身体で駆け出した江原は路上で行き倒れた。消えてなくなってしまいたい気分だったからそのまま寝た。季節柄、深夜を過ぎても死ぬほどの冷え込みはないが、明け方に向けて気温は下がっていく。いつしか意識を失っていた江原は身体が震えるような寒さで目を覚ました。

「……さむ……」

背筋がぞくりとし、頭が痛む。よろよろと起き上がり、周囲を見回すと見覚えのない場所だった。瀬戸のマンションからやみくもに走ったせいで見知らぬところで行き倒れていた。空はもう白み始めており、家に帰ろうと思い立ち上がる。

最悪なコンディションだったが、記憶だけはしっかりあるのが切なかった。方向感覚は悪くないので、何処なのか分からない場所からでも瀬戸のマンションへ戻ることが出来た。

「……」

当然ながら、瀬戸は寝ているだろう。マンションの出入り口は北に面していて、瀬戸の部屋は窺えない。瀬戸も酔っていた筈だから、忘れてくれてるといいんだが。それか酔っぱらいの戯言《たわごと》だとでも思っててくれれば。そんな願いを抱きつつ、駐輪場に停めていた自転車に乗り、自宅へ戻った。

とにかく温まりたくて、熱いシャワーを浴びてからベッドに倒れ込んだ。頭は痛いし、吐き気もひどい。こんな状態で仕事なんて無理そうだけど、客足の多い日曜に二日酔いで休むなどということは許されない。なんとか復活する為に水を大量に飲んで、出勤時間ぎりぎりに部屋を出た。

風呂に入り、服を着替え、身綺麗にはしたものの、二日酔いによるダメージは隠せない。

「どうしたの、江原くん。その顔」

「…洗って来ましたけど…変ですか？」

「うん。くま出てるし……ああ、二日酔いか」

「匂います？」

近くまで来た上平が苦笑して言うのを聞き、江原は自分自身の匂いを嗅ぐ。けれど、当人には分からない匂いだ。

「ちょっとね。しんどそうだし。たくさん飲んだの？」

「はあ……。すみません…」

定休日の前日ならともかく、仕事に影響を及ぼすほど深酒するというのは社会人として問題がある。申し訳ない気分で謝り、迷惑をかけない為にも自分を叱咤《しった》して働いた。

江原が黙々と働いていたのは反省と共に、昨夜のことが重荷となっていたからだ。瀬戸に「好きです」と告白してしまった。なんであんなことを言ってしまったんだろう。深い後悔が羞恥心と共に湧き上がり、叫び出したくなる。しかも、フォローなど一切せずに逃げて来てしまった。

あの後、瀬戸はどうしただろう。携帯に着歴はないし、メールも入ってなかった。呆れているのは間違いないだろうが、怒っているのかもしれない。いや、怒ってるのではなく、困ってるだろう。

瀬戸が来たら謝らなくてはいけない。それから、酔っていたからとんでもないことを口走ってしまったがあれは酒のせいだと、説明しなくては。それとも覚えていないふりをした方がいいだろうか。

悶々《もんもん》と考えつつ、江原は仕事をこなしながら瀬戸がやって来るのを待っていた。だが、店が開いてしばらくしても瀬戸は姿を現さない。前日に続き、天気がよかったからパー子たちに日光浴をさせてやっているのだと思い、夕方になれば…と思っていたのだが。

その日。結局、閉店まで瀬戸は現れなかった。

瀬戸と知り合ってから数カ月。研修で留守にしていた一週間と、店の定休日以外で瀬戸が店に来なかったのは初めてだった。上平もそれに気づいており、店を閉めてから不思議そうに聞かれた。

「瀬戸さんが顔を出さないなんて珍しいよなあ。どっか行くって言ってた？」

「え…っ…あ、いや。俺は…聞いてないです…」

「カメレオンの調子が悪いのかな」

上平の呟きを聞き、江原はどきりとする。昨日はパー子は持ち直したと言っていたし、実際、状態もよさそうに見えたのだが、急に悪化したのかもしれない。そんなことを考えると不安が湧き上がり、江原は落ち着かない気分で仕事を終えた。

本当は、瀬戸が来なかった理由は自分なのではないかという考えの方が強かった。けれど、パー子のことを考えると「もしかして」という思いが消えなくなった。だから、店を出て、そのまま瀬戸のマンションに向かった。

昨夜のことも謝りたいし、パー子も心配だ。やはりここは何も覚えていないふりでいこう。どうしたんですか、瀬戸さん、パー子の具合がまた悪くなったんですか。そんな問いから始めれば…。

頭の中でシミュレーションして、携帯を取り出した。駐輪場に停めることなく、マンションのエントランスの前で自転車に跨ったまま電話をかけたのは、不安があったからだ。もしも、瀬戸が自分からの電話に出てくれなかったら…。どきどきしながら発信すると、しばらくコール音が聞こえた後、「はい」という瀬戸の声が聞こえた。

一言だけの声に緊張が混じっているような気がして息を呑む。いつも通り、普通に。自分に言い聞かせるのだけど、思ったように声が出なかった。

「…瀬戸…さん…」

『……』

淀《よど》みない口調で昨夜のことを詫び、今日はどうして来なかったのか、パー子の具合が悪いのかと聞こうと計画していたのが、あっという間に崩れていく。掠《かす》れた声の呼びかけに瀬戸が答えてくれなかったから余計だ。江原くん？　お疲れ。どうした？　なんて、いつもみたいに応えてくれていたなら…。

瀬戸が来なかった原因はパー子だと、思えたのに。

「……あ…の、…パー子の調子が…悪いのかなと思って…」

そう言うのが精一杯で、江原は携帯を持つ指先が震えているのを感じた。電話の向こうの様子に耳を澄ませる。瀬戸が息を吐く音が小さく聞こえ、それから「いや」と否定するくぐもった声が続く。

『大丈夫。元気だから』

「あ…そうですか……」

『ありがとう』

いつも丁寧に礼を言ってくれるのが嬉しかった。なのに、その時はそう感じられなくて、江原は無性に辛くなった。瀬戸が早く電話を切りたがっていると感じ、「じゃ」と言って携帯を閉じる。

どうして店に来なかったのか、理由は聞けなかった。聞けなくても瀬戸の対応だけで分かって、大きな溜め息を吐き自転車の向きを変える。ぽかんと心に穴が開いたような気分で、ぼんやり自転車を運転して自宅を目指した。

自分は完全にやらかしてしまったのだ。なんでこんなことになったのか、自分でもよく分からないけれど、瀬戸と元通りの関係に戻れる気はしない。男を可愛いとか好きだとか、一度も思ったことのない人生だったのに、何をどう間違って瀬戸をそう思ってしまったのか。

すごくいい関係を築けていた。共通の趣味があると会話が弾む…なんて言うけれど、まさにそれだった。自分にとっては趣味ではなく、仕方なく始めた仕事だったが、前向きに取り組むようになれたのは瀬戸のお陰だった。

なくしたくない存在だったのに。自分で壊してしまうなんて、バカな話だ。せめてごまかせればよかったのに、それさえも出来ないなんて。

如何に自分が瀬戸を好きだったのか、思い知らされたような気分で、江原は深く深く落ち込んだ。


緑水館の定休日である月曜、江原は昼前にのそりと起き出した。思い切り気分はブルーで、一日布団に潜っていたかったが、天気がよさそうなのでパー子を日光浴させてやりたいと思った。

瀬戸にはもう迷惑かもしれないが、パー子は気になる。それに一晩よく眠って考えた結果、自分がこれまで通りに普通に接していったら、瀬戸もなかったことにして前みたいにつき合ってくれるかもしれないという希望を見つけた。

気分を切り替えてアパートを出ると、自転車で瀬戸のマンションへ向かう。預かったままの合い鍵を握り締め、二階の部屋へ着くと、緊張しながらドアを開けた。

「…パー子？　元気か？」

カメレオンたちの暮らす静かな部屋に自分の声がやけに響くように感じられる。いつも通り。変に緊張してるとパー子にも悪影響を及ぼすかもしれないと思い、意識してケージを開けようとした江原は、その下にメモが置かれているのを見つけた。

「……」

小さな紙片には江原宛のメッセージが書き込まれていた。パー子の具合はもういいので、日光浴させなくても大丈夫です。お世話かけました。ありがとう。そんな文面を読んで、江原はその場に座り込む。

ああ、そうか。やっぱりもう駄目なのかと、絶望的な気分になってしばらく蹲《うずくま》っていたのだが、ずっとそのままでいるわけにもいかない。瀬戸はもう必要ないと言うけれど、パー子にとって悪くはないだろうから、最後の日光浴をさせてやろうと思い、メッシュケージへ移動させる。

「…パー子。これが俺のしてやれる、最後の日光浴だ」

一緒にベランダへ出て、ぽつりと呟いた。哀しいくらい天気がよくて、青い空が目に染みる。ぼんやりベランダに座り込んでいたら、メモを読んだ時のショックが少しずつ薄れてきて、冷静に考えられるようになった。

もしも逆の立場だったら、と想像する。ちょっと親しくなった同性の店員に「好きです」なんて言われたら、大抵の人間は気味悪く思うに違いない。それが異性同士なら有り得る話でも、同性では難しい。互いが同性愛者であれば別だけれど。

瀬戸は女嫌いでも、男好きとは聞いてない。自分は女嫌いでもないし、男好きでもない。それがなんでこんなことに…。何度目かの後悔を溜め息混じりに呟き、黒化が終わり、体色が白みを帯びて来たパー子を部屋へ入れる。

慎重にケージへ戻し、他のカメレオンたちにも別れを告げてから、瀬戸が置いていったメモの最後に返事を書き加えた。分かりました。鍵は郵便受けへ入れておきます。これで本当に終わりだ。瀬戸のカメレオンに会えることはもうないだろう。絶望的な気分でメモを置き、江原は瀬戸の部屋をあとにした。


翌日の火曜。緑水館はいつも通りに営業していたが、瀬戸が現れることはなかった。その次の日も、その次の日も。連日やって来ていた瀬戸が来ないのに江原が関係していると上平は気づいたようで、あえて何も聞いたりしなかった。

そして、瀬戸に会えなくなり、やりがいを失った江原に、朗報とも言える報せが届いたのは、翌週のことだった。

江原…と呼ぶ声に振り返ると、緑水館の店長である犬塚がバックヤードの前から手招きしていた。時折ふらりと姿を見せるが、忙しい店長が長居することはないので話をする機会はなかった。なんの用だろうと思いつつ、作業を止めて近づくと、上平も呼ばれていた。

「何か用ですか？」

「お前の希望も聞こうと思ってな。…実は、鰐淵さんが全快して戻れることになったんだ」

「……」

元々、犬部門で働いていた江原が苦手な爬虫類を扱っている部署へ異動になったのは、上平と共に爬虫類部門を切り盛りしていた鰐淵が病に倒れた為だった。鰐淵が復職するまでの間の暫定的な異動という話だったが、予定よりも休職期間が長引き、その間に江原はすっかり爬虫類部門に馴染んでいた。

それは上平はもちろん、店長も承知しており、「お前さえよければ」と続ける。

「このまま爬虫類部門にいるか？　始めは鰐淵さんが復活したら犬部門へ戻してやるつもりだったけど、随分、役に立つようになったみたいだし。上平もお前と三人でやれたらって言ってるんだ」

「鰐淵さんと二人の時も手伝いが欲しいって思ってたんだ。江原くんがいてくれたら本当に助かるんだけど…」

「……」

上平の言葉は有り難かったし、店長の勧めも心揺れるものだった。いや、瀬戸の一件さえなければ、二つ返事で頷いていただろう。犬部門にいた時も仕事は楽しかったが、今は充実感に満ちている。ヘビは駄目でも、その他の爬虫類についての知識は日々増え、マニアックな世界が楽しく思えている。

けれど…。

「ちょっと…考えさせて下さい」

やっぱり瀬戸のことが引っかかり、上平には申し訳ない気分だったが、返事を保留にして貰った。爬虫類部門にはいたいが、自分がいる限り、瀬戸は店に来ないだろう。緑水館でカメレオンを見ることが、瀬戸の息抜きであり、癒しとなっていたのに。自宅のカメレオンたちとは別に、ここで一息吐いてから自宅へ戻ることで、バランスを取っているような気がしていた。

ストレス一杯の瀬戸は今、どうしているのだろう。暗雲を乗せて自宅へ戻り、暗い顔でパー子たちを見つめているのだろうか。自分がいなくなれば。瀬戸は再び、緑水館へ通えるようになって……前みたいにカメレオンを存分に眺められるのではないか。

そんな思いから、翌日、江原は店長に犬部門へ戻りたいと申し出た。

たくさん世話になった上平には本当に申し訳ない気分だったが、強く引き留められはしなかった。ただ、気が変わったらいつでも来てくれと、優しい言葉だけを貰った。そして、犬部門へ戻って数日が経った午後、江原は意を決して瀬戸にメールを入れた。

店の人事異動で犬部門へ戻りました。 だから、大丈夫です。考え抜いた末に出来上がった短い文を瀬戸に送信した。元気ですか？ とか、カメレオンたちも元気ですか？ とか。いろいろ聞きたいことはあったけれど、瀬戸からどんな返信が来ても傷つくような気がして、書けなかった。

返信はなくてもいい。そう思いつつも、休憩時間の間ずっと携帯を気にしていた。期待していなくても、以前だったら…と思ってしまうのを止められない。就業中だとしても、短い一文だけでも返してくれた。哀しい思いを振り切り、休憩を終えた江原は携帯を自分のロッカーへ放り込んで仕事に戻った。

通りに面したショップには大きな窓から明るい陽差しが入り込み、展示されている子犬たちをカップルや女性客が歓声を上げて眺めている。爬虫類部門から戻って数日。百八十度違うような環境の変化に、まだ慣れていない。

「江原くん。ぼんやりしてると噛まれるよ」

「あ…っ…」

のどかだなあ…とガラス越しの風景を他人事みたいに思いながら、ケージのシーツを取り替えようとしていた江原は、背後から突然注意されたのに驚き、落としてしまう。包んで捨てようと思っていた小さなうんちがころころと転がり、眉を顰めて文句を言った。

「もう、吹石さんが突然声かけるから落ちちゃったじゃないですか」

「私のせい？」

心外だというように肩を竦める吹石に冷たい目を向け、落ちたうんちを拾う。その跡を拭き取り、消毒用のスプレーをかけた。新しいシーツを敷き、傍のサークルに移動させてあった子犬を抱き上げようとすると。

「うー…」

「……」

「ほらね」

触ろうとしただけで唸られる江原に、吹石がそれみたことかと勝ち誇ったように言う。

子犬らしからぬ険相で唸っているのがロングコートチワワという超小型犬種であるのが、

哀愁を誘う。

「こんなちっこい犬にどうして唸られるかな。…よしよし」

「…舐《な》められてると？」

唸られて怯んだ江原に代わり、吹石はひょいと子犬を抱えてケージへ戻した。神妙な顔で聞く江原に頷き、以前よりも隙が多くなったと指摘する。

「犬を相手するには気合いが必要なのよ。犬に『この人には勝てない』と思わせる気合いが入ってないと、舐められるんだって。爬虫類には要らなかったの？　気合い」

「さあ…？」

どうなのか分からないと江原は困った顔で首を傾げる。緊張が必要な場面はあったが…逃げられてはいけないという…気合いはどうなのか。そもそもそんなの吹石だけじゃないかと思うのだけど、一番犬の扱いがうまいのは事実なので、反論は出来ない。

「気合いですか…。どうしたら気合いが入るのかな。…俺、トリマーの資格でも取ろうかなって思ってるんですけど、無理ですかね」

「トリマー？　どうしたの、急に。前は勧めても厭だって言ってたじゃないの」

「やっぱ仕事なんだから、専門的な知識って必要だなって思って」

緑水館の本店横には、同じ経営のトリミングルームがある。爬虫類部門で必要に駆られて色々と勉強する内に、専門的な知識が多いのはとても便利だと分かった。だから、犬部門に戻って来たのだし、勉強する意味合いでも資格を取ろうかと考えた。

「いいと思うわ～。向こうが人手不足の時は行って貰えるし」

「……助っ人要員ですか」

「いやいや、前向きに勉強するのはいいことだと思って、言ってるのよ。ま、江原くんの場合、その前に気合いかもしれないけど」

「……」

やはりそこに行き着くのかと訝しく思いつつ、他のケージの掃除も終える。それから、吹石が店内の掲示を張り替えるというので手伝う為に一緒に店へ出た。

ショップ内には三々五々、客がいて、接客担当のスタッフが説明したりもしている。その邪魔にならないよう気をつけながら、ガラスに張られた掲示を剥がし、掃除をしてから新しいものに取り替えていく。

高い場所に張ってあったお知らせを江原が剥がした時だ。吹石が唐突な誘いを向けて来た。

「江原くんさ、土曜の夜とか、時間ない？」

「土曜？　なんでですか？」

「前に私の従姉妹《いとこ》で、トイプー買った子、覚えてない？」

去年の春…とつけ加えられ、江原は「ああ」と呟く。確か…チョコレートブラウンのトイプードルだった。犬は覚えているし、それが吹石の従姉妹だったというのも記憶にあるが、顔や年齢などはあやふやだった。

「覚えてます。可愛いチョコブラウンの…」

「それは犬でしょ。従姉妹の方は覚えてないの？」

「はあ」

「…だよねえ。江原くん、女なら誰にでも愛想いいもんねえ。罪な男だ」

「なんです、それ。人聞き悪いなあ」

女なら誰でも、なんて。せめて、客なら誰でも…と言って欲しい。接客業でもあるのだから、客に親切にするのは当然じゃないかと反論する江原に、吹石は肩を竦めて窓拭き用の雑巾を渡す。

「江原くんがすっかり忘れてるその従姉妹ね。麻紀《まき》ちゃんって二十三歳の子なんだけど、江原くんが気になってたんだって。で、昨日、偶々会った時、江原くんが戻って来たって話をしたら、一度セッティングしてくれないかって頼まれちゃって」

「……ちょっと待って下さいよ…。段々思い出してきましたけど、確か…彼氏と来てませんでしたか？　同棲してて、一緒に飼うとか…言ってたような」

「別れた。犬連れて、実家戻ってる」

「はあ…」

人のことをとやかく言えるような立場ではないが、どうなのかと首を傾げてしまう。同棲だけならまだしも、犬まで一緒に飼おうっていう仲というのは、かなり特別なんじゃないかと思うのだが。子は鎹《かすがい》…というけれど、ペットは鎹にはならないのかなと考えていたら、ふと、パー子たちのことを思い出した。

パー子たちは元気だろうか。せめて、自分がパー子たちにとって掛け替えのない存在になっていたら、瀬戸との縁も途切れなかったんじゃないか。そんな仕様のない考えが浮かび、江原は窓を拭きながら内心で溜め息を吐いた。

「だから、どうかな。土曜の夜とか。ご飯、食べに行くだけでも」

「……。そんな気分になれないんですよね」

「彼女いないって言ってなかった？」

「まあ…そうなんですけど…」

不思議そうに聞いてくる吹石に、江原は困った顔で首を横に振った。恋愛よりも犬の方が大事と断言している吹石に分かって貰えるかは未知数だったが、思い悩んでいたせいもあって、つい口にしていた。

「…最近、自分でも驚くような相手をいつの間にか好きになってて、勢いで告白しちゃって、振られて…落ち込んでるんです」

「何それ。驚くようなって……人妻とか？」

「いやいや」

人妻ならまだいいな…と思いつつ、ガラスを拭く手に力を込める。人妻は女というだけで、セーフの範疇《はんちゅう》だろう。どういう相手よ？ と聞いて来る吹石に、真実は死んでも言えない。自分でもどうして瀬戸を好きになっていたのか、説明がつかないのだ。

「…とにかく、当分、誰かとつき合ったりとか、そういう気になれないと思います」

「振られたんでしょ？ だったら、すっぱり諦めて新しい彼女作るとか、いいじゃない。気分転換になるわよ」

「ならないですよ」

「まだ好きなの？」

「……」

まだ好きなの？ そんなシンプルな問いかけに答えられなかった。「いいえ」じゃない。だったら、「はい」なのか。叶《かな》う筈のない思いなんだから、諦めなきゃいけないと分かっているのに、ふんぎりがついてないのは…。

「…諦めきれないんです」

溜め息混じりに言いながら、窓拭きを止めて吹石を振り返る。新しい掲示物を張る為、使い終わった雑巾を渡そうとした江原は、ぴたりと動きを止めた。

「……」

吹石の後ろに……瀬戸が立っていた。どうしてこんなところに瀬戸がいるのかという驚きよりも、彼の表情を見た江原は凍りついた。目を丸くして固まっている瀬戸は…今の話を聞いていたに違いない。

真っ青になって硬直する江原を見て、吹石が不思議そうに「どうしたの?」と呼びかける。江原の視線が自分の背後に注がれているのに気づき、吹石が振り返ると、瀬戸ははっとしたように身体を揺らし、背を向けた。

「っ…！　せ…とさんっ！」

呼び止める江原の声を振り切り、瀬戸はそのまま店を出て行ってしまう。江原は雑巾を吹石に押しつけ、夢中で瀬戸を追いかけた。瀬戸を追いかけてどうするのか。何を言うのか。何も思いついてなかったけれど、後を追うしか出来なかった。

店を飛び出ると、歩道を駆けて行く瀬戸の背中が見えた。江原は全速力でそれを追いかけ、交差点の手前で追いついた。背後から肩を掴み、逃れようとする瀬戸の腕を掴む。

「瀬戸さん…！」

「……」

尚も逃げようとする瀬戸の腕を掴んだ手に力を込めると、彼が動きを止めた。俯いている顔は辛そうに歪んでおり、江原は溜め息を吐いて手を放す。動かなくなった瀬戸に、江原は大きく息を吸ってから「どうしたんですか」と聞いた。

息が荒くなるほど走ったわけじゃない。落ち着こうと思って深呼吸もした。なのに、尋ねた声はみっともないほど掠れていた。自分が如何に緊張しているのか思い知らされ、恥ずかしく思いながら瀬戸の答えを待っていたが、俯いたまま瀬戸は何も言わない。

「……会社…は？」

自分以上に緊張している様子の瀬戸を気遣い、そっとつけ加える。まだ日は高く、就業時間中の筈だ。しかも、緑水館の本店の方へ瀬戸が現れるなんて。自分に会いに来てくれたのだとしか思えないけれど、都合のいい妄想を抱くのは自分を苦しめるだけのような気がして抑えていた。

瀬戸の顔を見るのは、あの日以来だ。酔っぱらって「好きです」と告白してしまったあの日から、電話で声は聞いたけれど、顔は見ていなかった。当たり前だけど変わっていなくて、相変わらず頭の上に暗雲が乗っている。

会社帰りのせい…というよりも、自分のせいなのかもしれない。複雑な心中で瀬戸を見つめたままでいた江原は、彼が小さく息を吐き出す音を聞いて、はっとした。

「……メールを貰って……」

「……ああ、…はい」

休憩時間に瀬戸へメールを入れたが返信はなかった。自分たちの難しい状況を考えれば、返信がないのも当然で、寂しく思っちゃいけないと戒めていたのだけど…。瀬戸はメールを見てここまで来てくれたのかと、いいように考えてしまいそうで、江原は意識して表情を引き締める。

「どうして……江原くんはこっちへ？　もしかして、俺のせいで…」

「違いますよ。病気で休職していた鰐淵さんが復職することになって…それで…。…瀬戸さん、あれからずっと来なかったじゃないですか。それって…俺がいるからだって思ってて…。だから、メールを入れさせて貰ったんです」

「……」

「俺がいなければ…瀬戸さん、店のカメレオンを見に来られるでしょう」

卑屈な物言いにならないよう気をつけながら言ったつもりだったが、瀬戸は訝しげに眉を顰めた。どう言えばうまく瀬戸を納得させられるのか、考えながら続ける。

「俺は元々、こっちの人間ですし……戻れて有り難いと思ってますから。瀬戸さんも前みたいに遠慮なく、別館に顔を出してやって下さい。上平さんも心配してますし、瀬戸さんが訪ねてくれたら喜ぶと思います」

「…江原くんは…苦手なものがあっても、熱心に勉強してたから…ずっとあそこにいるんだと思ってた…」

「いや…俺は…」

「俺が店に行けなかったのは…色々悩んでて……でも、江原くんは店にいるから…勇気が出たら、いつでも会えるって…」

「……」

ぼそぼそと呟きながら、瀬戸は益々顔を顰め、大きな溜め息を吐いて頭を掻きむしった。その様子はぼろぼろといった表現が似合うもので、江原は困った気分になる。瀬戸が苦しげにも見える表情でいる原因は……自分だ。だが、こうして会いに来てくれた瀬戸は、自分を迷惑だとは…思ってはいないのだろう…。

「…瀬戸さん……」

どうして瀬戸は本店に現れたのか。その理由を聞けば分かる気がして尋ねようとしたのだが、視界に吹石の姿が入り、自分が置かれている状況を思い出した。店はまだ営業中で、吹石と作業している途中で飛び出して来てしまった。

店の前に出て様子を窺っている吹石の方へ、「すみません」と詫びるジェスチャーをして見せてから、もう一度「瀬戸さん」と呼びかけた。

「すみません。俺、今、仕事中で…」

「あ…ごめん、…俺…」

「仕事終わったら、瀬戸さん家に行ってもいいですか?」

「………」

厭と言わせないような強い調子で言うと、瀬戸が俯かせていた顔を上げる。困惑の色が浮かぶ瞳をじっと見つめた後、彼が返事をする前に江原は小さくお辞儀をしてその前から立ち去った。

店に戻ると吹石から色々聞かれたが、適当にごまかして仕事に精を出した。犬部門では人手が十分に足りているので、いつも閉店と同時くらいに帰宅出来る。八時になり店が閉まるとすぐに瀬戸のマンションへ向かった。

自分勝手な妄想は自分を傷つけるだけだ。そう分かっているのに、いいように考えてしまうのをやめられなかった。瀬戸は…瀬戸は、もしかしたら…。緊張しながらも昂揚しているのを感じつつ、マンションの駐輪場へ自転車を停める。

二階へ上がり、瀬戸の部屋の前で立ち止まると、パー子たちのことが頭に浮かんだ。それで少し気分が落ち着き、深呼吸してからインターフォンを押した。ドア越しに足音が聞こえ、ガチャリと音を立てて扉が開く。

「……」

「…パー子たち、元気ですか?」

強張った顔つきで自分を見る瀬戸に、江原は静かな口調で聞いた。瀬戸はすっと表情を緩め、「ああ」と頷く。

「見てもいいですか?」

もちろん…と言い、瀬戸は江原を部屋へ招き入れた。相変わらず、瀬戸によって温度も湿度も管理されたカメレオンたちの為の部屋で、パー子も他のカメレオンたちも元気で暮らしていた。

「パー子、外に出てるのか。元気そうだな〜。エボ美も。…おお、ジャク太郎にジャク代も元気か。…あ、エボ太にエボ子も」

「気温が上がってきたからね。温度管理に気をつけてて……皆、状態いいよ」

「そうですね。皆、元気でよかった～」

カメレオンについて話す瀬戸はいつも通りだったし、江原もケージを眺めている時は普通に話せたのだけど、一頻《ひとしき》り状態を確認してしまうと沈黙が訪れる。カメレオンのケージに占領され、尚かつ、放し飼いも出来るようにレイアウトされている部屋には、基本的に人間の居場所はない。座る場所も限られており、瀬戸が近距離にいるのが気になりつつも、江原は意を決して問いかけた。

「…瀬戸さん。聞いてもいいですか？」

「何？」

「今日…どうして店に来てくれたんですか？　瀬戸さん、仕事中だったんでしょう。なのに、品川からわざわざ…。俺が出したメールを見て、来てくれたんですよね？」

「……」

瀬戸は答えず、眉を顰めて俯いてしまう。そのまま動かなくなった瀬戸が答える気配はなく、時間だけが経っていく。沈黙が辛く感じられたが、瀬戸からの答えが聞きたかったので、江原は辛抱強く待っていた。

たっぷり十分以上が経過した頃、瀬戸は観念したように、ようやく口を開いた。

「…前に…江原くんと品川で偶然会った時、うちの女性社員に愛想よく…こなれた態度を見せていたじゃないか…」

「え……？　あ…ああ、はい」

「だから……江原くんは俺をからかってるんだと思って…」

「い…いや、それは…」

「…聞かなかったことにして、流してしまえばいいと思ったんだけど……なんか、どうしても出来なかったんだ。…江原くんも知ってるように、会社での俺はいい顔をしているから、好かれたりするんだ。でも、本当はものすごく暗い人間だから、誰とも絶対つき合えなくて…全部それとなくスルーしてきた。江原くんにだって…同じようにすればいいと思うのに……出来なくて…」

俯いたまま、頭上に暗雲を…それも台風クラスの渦雲を…乗せて瀬戸がぼそぼそ話すのを聞きながら、江原はぎゅっと拳を握り締めていた。それは…それはどういう意味なのか。想像はどんどん良い方へ傾いていき、どきどきしてくる。

「店にも顔を出せなくて……江原くんが気にしてるだろうと思うと、申し訳ない気分だったんだけど、江原くんの顔を見る勇気が出なかった。電話貰っても素っ気なくなってしまって……あんなメモも残したりして…。時間を置けば普通に出来るようになるかと思って、しばらく店に行くのはやめようと思っていたんだけど……。今日、江原くんからメールを貰って…頭が真っ白になったんだ。気づいたら電車に乗ってた。…自分でも驚いた……」

小さな声でつけ加えられた言葉まで聞いて、江原は深々と息を吐き出した。それって、それって…？　確認してもいいだろうか。これが女であれば確実に「いける！」と思うところだが、相手は瀬戸だ。江原はきちんと座り直して、難しげな表情で「瀬戸さん」と呼びかける。

「…あの時、俺が瀬戸さんに好きだと言ったのは…酔っぱらった勢いだったんですけど、からかってるとか、そういうつもりはありませんでした」

「……」

「それと…俺自身…どうして瀬戸さんを好きになっちゃったのか、分からないんです…。男を好きになったのなんか、初めてで…。だから…酔った勢いというか……いや、あの時、どうして好きなんて言っちゃったのか…自分でも分からないんですけど…。…でも、瀬戸さんに避けられるようになってしまって、死ぬほど後悔しました…。言わなきゃよかったって…言わなきゃ、瀬戸さんとずっと仲良く出来たのにって…」

「江原くん……。ごめん、俺…」

「いや、瀬戸さんが謝る必要はないっていうか…。俺だって逆の立場だったら困りますもん。瀬戸さんの反応は当然です。…当然だから……諦めなきゃいけないって…思ってたんですけど……」

こうして瀬戸と話していると、全然諦められていないのがよく分かる。その上、望みを抱いてしまうような話を聞いてしまったから、尚更だ。期待なんて持っちゃいけないと思っているのに…。

瀬戸は好きだという気持ちを許してくれるのだろうか。確かめようと思うのにやっぱり聞けなくて言葉に詰まる江原に、瀬戸は視線を下へ向けたまま、吹石との会話を聞いていたのだと打ち明ける。

「…江原くんに会って話がしたくて、本店の方を訪ねて行ったんだ。そしたら仕事中のようで、話しかけるのを躊躇っていたら、話が聞こえてきた。…あれは…俺のこと…だったんだよな?」

小さな…本当に小さな声で確認する瀬戸に、江原は深く頷いて答える。思いもかけない人を好きになってしまって、告白して振られたけれど、諦めきれない。それは瀬戸のことだと認める江原に、瀬戸は「そうか」と掠れた声で言った。

それからまた長い沈黙が流れ、お互いがまんじりともせずに、同じような姿勢で固まっていた。言葉を発するどころか息を吸うのも躊躇われるような緊張感は、のんびり移動するパー子が観葉植物の葉をがさりと鳴らした音で破られる。

エアコンなどの音くらいで、それまで全く無音だったから、やけに響いた。二人ともがどきりとして身体を揺らし、はーっと息を吐く。

「……」

何気なく腕時計を見た江原は、既に十時近くになっているのに驚いた。一時間は沈黙していたことになる。瀬戸が休みの日にでも、もう一度、話をさせて貰った方がいいかもしれないと思い、江原は暇《いとま》を告げた。

「…今日は帰ります。…また…会って貰えませんか?」

「……」

俯いたままではあったが、瀬戸はしっかり頷いた。それにほっとして、江原は立ち上がる。長い時間、同じ体勢で座っていたからすっかり身体が固まっていて、脚が痺《しび》れていた。

「いたた…」

「大丈夫か?」

心配してくれる瀬戸に平気だと返し、部屋を出た。ドアを閉め、玄関までやって来る瀬戸を振り返る。暗い雰囲気を漂わせ、顔を俯かせてはいるけれど、見送ってくれようとする瀬戸は、悪い気持ちは抱いていないのだろう。

そう信じて、江原は小さく息を吐いてから、改めて伝えた。

「…瀬戸さん。俺、本当にからかってなんかいませんから」

「……」

「瀬戸さんには迷惑かもしれないけど…」

「……」

一方的に好きになってしまい、瀬戸を困らせているという自覚があった。だから、江原は迷惑と口にしたのだけど、それを聞いた瀬戸ははっとしたように顔を上げる。それまでずっと視線を反らせていた瀬戸と目が合った瞬間、江原は確信が持てた。

同時に湧き上がった衝動を抑えきれず、瀬戸の腕を掴む。突然の行動に息を呑む瀬戸を引き寄せ、口付けた。

「……！」

瀬戸が驚いているのは分かっていたが、止められなかった。唇を重ねてしまうと、瀬戸が男だという意識は消え、欲望に忠実になれる。

抱き締めた瀬戸の身体が強張っているのは分かっていたが、抵抗は見せなかったので、口付けを続けた。けれど、口内に舌を忍ばせようとすると拒まれる。

「…っ…」

瀬戸が鼻の奥から音を漏らすのを聞き、江原は唇を離した。抱き締めたまま、至近距離から見つめた瀬戸は、頬を赤くして目を伏せている。眉間に皺が刻まれていても、厭がっているようには見えなくて、額にそっとキスをした。

「……瀬戸さん…」

「……」

「もう一回、してもいい…？」

反応がないのは肯定なのだと捉え、江原は再び唇を重ねる。唇で啄《ついば》むように何度も口付けている内に瀬戸の口元が緩んでくる。その隙を狙い、舌を差し入れると、今度は拒まれなかった。

「…ん……」

瀬戸の舌に触れると、彼の鼻先から溜め息のように密やかな甘い音が零れる。もっと声を出させたい衝動に駆られ、深く口付けた。

舌を絡ませ、上顎を擽《くすぐ》って、深い場所まで探る。反応を見せる箇所を丹念に刺激し、長い口付けを交わしていると、次第に瀬戸の身体からは強張りが取れ、寄り掛かるような仕草を見せ始める。

瀬戸が好きだという気持ちは確かにあったが、具体的な欲望は抱いていなかった。なのに、唇を重ねた途端、堰《せき》を切ったように欲望が溢《あふ》れ出た。諦めかけていた相手とのキスは想像以上に魅惑的なもので、江原は夢中になる。

それに最初は躊躇いがちだった瀬戸が、応えてくれ始めたのも江原を煽《あお》った。お互いが感じられるようなキスを長く続け、唇を離した頃には身体まで熱くなっていた。至近距離から見下ろした瀬戸の頬はさっきよりも更に赤くなっており、伏せられた目元には微かに涙の跡が見える。

「……」

眦《まなじり》に唇を寄せ、愛おしげに舌先で水滴を舐め取ってから、抱き締めていた腕を緩めた。俯いた瀬戸が深々と吐き出す溜め息の音が玄関に響く。無理矢理に口付けたという意識はなかったが、自然と「すみません」という詫びの言葉が口をついていた。

江原が謝るのを聞き、瀬戸は緩く頭を振る。

「…江原くんが…悪いわけじゃない…」

「……」

掠れた声がひどく色っぽく感じられて、もう一度抱き締めてしまいそうになるのを、江原はぐっと堪えた。これ以上触れあっていたら、まずい状況に陥りそうだ。ふうと音を立てて息を吐き、再度、「帰ります」と告げる。

「……気をつけて」

恥ずかしさからお互いの顔をまともに見られないまま、玄関先で別れた。瀬戸の部屋を出て、背後でドアが施錠される音を聞くと、江原は「はーっ」と大きな溜め息を吐く。叫びだしてしまいたいような昂揚感に襲われていて、足早に廊下を進み、階段は駆け下りた。駐輪場に停めてあった自転車に乗り、一目散に自宅を目指す。全速力で自転車を漕《こ》ぎ、辿り着いたアパートの自室へ駆け込むと、靴も脱がずに部屋に倒れ込んだ。

「……死にそう……」

哀しくて死にたい、わけじゃない。逆だ。嬉しくて死にそうなんて。まるで子供みたいだと思いながら、玄関先の廊下でごろごろとのたうち回る。もう一度会うことすら難しいかも…と思っていた瀬戸が会いに来てくれて、再び部屋を訪ねて、パー子たちにも会えて、もしかして瀬戸もまんざらじゃないって思ってくれてる？　なんて期待を抱けた上に…。

「…キス……しちゃった…」

瀬戸さんとキスした…と繰り返し呟くと、江原は再び無言でごろんごろんと床の上を転がった。夢と妄想がごっちゃになってる気がするが、これは夢じゃない。まだ瀬戸の唇の感触がリアルに残っているのだ。

「たまらん」

好きですと告白してしまって以来、悶々として来た日々ともこれでおさらばだ。瀬戸と再び親しくつき合えるどころか、それ以上の関係になれそうな気がする。落ち込んでいた分だけ妄想は激しくなり、江原は随分長い間、廊下で転がっていた。


叶わぬ恋に破れた男…から、叶わぬ恋を成就出来そうな男に出世した江原は、翌日、朝から店長を捕まえて爬虫類部門に戻りたいという希望を伝えた。瀬戸との問題が解決した以上、子犬に噛まれる日々を送る必要もなくなった。

「何言ってんだ。犬部門に戻りたいって言ったのはお前だろうが」

「あれからようく考えたんですけど、やっぱ、俺、爬虫類に向いてると思うんですよ」

「ヘビ嫌いな癖にか?」

「いや、ま、それは無理なんですけど…。でもそれ以外の爬虫類なら大丈夫ですし、鰐淵さんの代打をやってる間に色々勉強もして知識も得たんで、もったいないかなって」

「だから、上平だって残ってくれって言ってたのに、断ったんじゃないか。今更何言ってんだ」

「お願いします～。店長～」

けんもほろろに突き放されながらも、江原は諦めずに頼み続けた。爬虫類部門にいなくては瀬戸に毎日会うことは出来ない。しつこく食い下がる江原に根負けした店長は、上平がいいと言うならと条件を出した。

江原は喜び勇んで爬虫類部門へ走って行き、今度は上平に頼み込んだ。勝手な真似を許して下さい…と頭を下げる江原は土下座でもしそうな勢いで、上平は顔を引きつらせて事情を聞く。

「ど…どうしたの？　何か向こうで問題でもあった？」

「いえ…あ、いや、相変わらず子犬には唸られたり、噛まれたりしてましたけど、それは別に問題じゃなかったんですが…。やはり、自分の今後をよくよく考えてみると、たとえ苦手なあれがいても、こっちで専門的なスキルを身につけた方がいいかなと思いまして」

「はあ…。まあ、俺は江原くんがいてくれると助かるから…嬉しいんだけど。向こうの…吹石さんだっけ。犬部門のチーフは了解してくれてるの？」

「頼んで来ます！」

上平の了解を取った後、江原は再び本店に戻り、今度は吹石に頭を下げた。昨日はトリマーの資格でも取ろうかと考えている…なんて話していたのに、百八十度態度を変えた江原に呆れた顔をしたが、犬部門の人手が足りないわけでもない、江原が優秀なわけでもないので、いいわよ…と納得してくれた。

朝からばたばたと走り回ったお陰で、午後には爬虫類部門へ戻っていた江原は、早速瀬戸にメールを入れた。爬虫類部門へ戻りましたので、瀬戸さんが来てくれるのを待ってます。返信はなかったが、伝わったと信じ、夜になるのを待ちこがれていた。夜になれば、瀬戸が来る。瀬戸に会えると思うだけで緊張してしまいそうな自分を抑え、何日ぶりかの仕事に精を出していた。

瀬戸が現れそうな七時前後。江原は出入り口付近をうろうろしながら瀬戸が来ないかと窺っていたのだが、その姿はいつまで経っても見えなかった。自分が気づかない間にやって来て、カメレオンのエリアにいるのかも…と思い、何度もカメレオンの方を見に行ったりもしたが全部空振りで、その内に閉店時間がきてしまった。

「……」

八時を過ぎ、上平たちが店を閉める準備を始める傍で、江原は愕然《がくぜん》とした思いでいた。瀬戸は…どうして来なかったのだろう。メールは届いた筈だ。瀬戸の為に…店で瀬戸に会う為に、そこら中に頼み込んでこっちへ戻って来たのに。

わくわくしながら待っていた分だけ失望も大きくて、深く落ち込んでしまった。昨夜、瀬戸の部屋から帰って来て以来、続いていたハッピー妄想モードも終わり、再びネガティブモードに切り替わる。

もしかして……瀬戸も自分を好ましく思ってくれていて、だからキスするのも許してくれた…と思っていたのは自分の勘違いで、瀬戸は厭だったのだろうか。当たり前だという声も頭の隅から聞こえる。何たって、自分たちは男同士なんだから、男女の仲みたいにすんなりとはいかない。なのに、いきなりキスなんて。

実は、瀬戸はものすごく怒っていて、二度と自分に会いたくないのかもしれない。

「………」

激しい後悔に襲われ、真っ暗な気分で後片付けをしていた江原は、上平たちに飲みに誘われても頷けなかった。病気で休んでいた鰐淵とは挨拶を交わした程度だったし、顔合わせと江原くんの復帰祝いも兼ねて…と言われたのに、とてもそんな気分にはなれない。

「すみません…。俺、ちょっと体調が悪くて…。また後日にして貰ってもいいですか?」

「あ…ああ。それはいいけど…大丈夫?」

「はい。すみません……お先に失礼します…」

午前中、ハイテンションで復職を頼みに来た江原とは別人のようで、上平以下、爬虫類部門のスタッフは怪訝な表情で彼を見送った。江原はふらふらと店を出て、停めてある自転車のチェーンを外したのだが、そこでようやく、携帯を確認してないのを思い出した。

瀬戸から絶縁のメールでも入っていたらどうしよう。すっかりネガティブになっていたから、恐る恐る開いた携帯は予想通り、瀬戸からのメールを受信していた。

「……」

だが、意を決して読んだメールは江原の予想とは違う内容だった。「仕事が終わったら電話下さい」。そんな一言だけのメールを受信しているのは、七時過ぎ。いつもなら瀬戸が店に現れる筈の時刻である。

何かあったのだろうか。俄《にわか》に心配になり、江原はすぐに瀬戸に電話をかけた。呼び出し音が鳴ると同時くらいに瀬戸は電話に出てくれた。

『……はい』

「瀬戸さん？　どうかしました？　何かあったんですか？」

瀬戸が怒っているとか、嫌われたのかもしれないとか、そんな妄想は瀬戸を心配する気持ちに打ち消されていた。勢い込んで尋ねる江原に、瀬戸はくぐもったような声で「いや」と答える。

『…あの……』

「瀬戸さん、今、何処にいるんですか？」

『家だけど』

「じゃ、今から行きます」

え…と躊躇うような声が聞こえたが、江原は無視して通話を切った。携帯をポケットに入れ、自転車に跨る。会社帰りはいつも会社で何かあったのだろうか。ストレス満載の環境下で働いている瀬戸は、いつも会社帰りは暗い表情でいる。瀬戸が頭に黒雲を乗せている様子が浮かんで、江原は自転車を漕ぐスピードを速めた。

瀬戸のマンションに着くと、自転車を停めるのももどかしい気分で、急いで二階の部屋へ向かった。インターフォンを押すと、すぐにドアが開く。

「え…はらくん…」

「どうしたんですか？　店にも来ないし…心配しました」

「それは……」

江原の言葉を聞いた瀬戸は俯いて口籠もる。そのまま黙ってしまった瀬戸を見下ろしていた江原は、取り敢えず、部屋の中に入れてくれないかと頼んだのだが。

「…いや…」

いつもならすぐに入れてくれるのに、瀬戸は反射的に首を横に振る。どうしてなのか理解出来ず、眉を顰める江原を見た瀬戸は、困ったように大きな溜め息を吐いた。

「…違うんだ…」

「瀬戸さん？」

一体、瀬戸はどういうつもりでいるのか、江原にはさっぱり分からなかった。昨夜のことを怒っているのなら、電話が欲しいなんてメールを寄越さなかっただろう。怒っていないのなら、部屋に入れてくれてもいいのではないか。

怪訝に思う江原に、瀬戸は小さな…耳を澄ませても聞き逃してしまいそうな、本当に小さな声で告げた。

「……恥ずかしくて…」

「……」

「だから……店にも…行けなかったんだ…」

ぼそりと呟かれた真実を、江原は目眩《めまい》を感じながら受け止めた。恥ずかしいって。恥ずかしいって！　小さなことでもネガティブモードになってしまうのは、もうやめよう。きっと、やめてもいい。

「……っ…江原くん…？」

江原は無言で瀬戸の腕を掴み、玄関から引きずり出した。江原くん…と戸惑いを滲ませた声で呼びかけてくる瀬戸を無視し、腕を掴んだまま廊下を進み、階段を下りる。エントランスから外に出てそのまま歩き、通りに出てタクシーを拾った。

その間も瀬戸は江原に理由を問い続けていたのだが、押し込められるようにして乗ったタクシーの後部座席で、江原が運転手に告げた行き先を聞いて、はっとした顔になる。

「……もしかして……江原くんの家？」

「……」

恐る恐るといった感じで聞いて来る瀬戸の顔は、暗い車内でも赤くなっていると分かった。勘弁して欲しい…と思いつつ、座席シートを這《は》うようにして瀬戸の方へ手を伸ばす。

運転手に隠れてそっと繋いだ手を、瀬戸は振り払わなかった。


江原のアパートと瀬戸のマンションは、自転車でも距離があるし、歩くには遠過ぎる。

タクシーを降り、アパートの一階にある自室へ瀬戸を案内した江原は、部屋に入ってすぐ瀬戸を抱き締めた。

「っ…江原くん……」

「…瀬戸さん家にはパー子たちがいるから」

「……」

「見られたくないでしょう?」

耳元で囁《ささや》くと、瀬戸はびくんと身体を震わせる。俯いたまま身を固くしている瀬戸の髪や額に口付けていく。昨夜、帰って来てからも、もう一度瀬戸とキスがしたくて堪らなかった。瀬戸が許してくれそうなら、その内また隙を窺って…なんて思っていたのに、やっぱり駄目かと思わされたりした。

それが「恥ずかしくて」なんて理由だったと聞いたら、衝動を抑えられなくなるというものだ。瀬戸の部屋が駄目なら、うちで。瀬戸にしてみれば恥ずかしいのは何処だって同じだろうが、自分の部屋だったら、何も気遣わずに好きに出来る。

「…ん……ちょ…待て。江原くん…」

「待てません」

「っ……ん…」

戸惑いを見せる瀬戸にはっきり言い切り、江原は唇を奪う。昨夜のように深く口付け、夢中になって味わっていると、躊躇いを見せていた瀬戸も応え始める。互いが夢中になるまでの時間は短く、求め合うようなキスを続けた。

「…っ……ん……ふ……」

瀬戸の鼻先から漏れる声は甘く、江原の欲望を擽る。それでも、自分本位になってしまわないよう、意識してセーブしながら瀬戸を感じさせることの方に集中する。瀬戸が厭だと思わないように。様子を窺いながら、口付けに溺れさせた。

「んっ……は…っ……」

絡めていた舌を解き、唇を離すと、瀬戸が短く息を吸う。微かな呼吸音さえ、色っぽく聞こえ、江原は肩に顔を埋めて来る瀬戸の背に手を回して力を込めた。

瀬戸さん。掠れた声で呼びかけると、凭れかかっていた瀬戸が「ごめん」と呟いて身体を起こす。顔は俯かせたままだったが、頬が赤いのが見て取れた。

「……つい……」

待てと言いながらも、自ら求めるような仕草を見せてしまったのを後悔しているらしい瀬戸は、顔を上げないままだ。小さな頭を抱えるように両手で包み、江原は身を屈めて瀬戸の目を覗き込んだ。

視線が合うと、さっと瞼《まぶた》を閉じる。初《うぶ》な反応を可愛く思いつつ、低い声で「厭ですか?」と聞いた。

「……」

瀬戸は身を固くし、黙ったままでいたが、頬だけでなく耳まで真っ赤になっていた。その耳に唇を寄せると、とても熱くて苦笑が漏れる。

「…瀬戸さん、耳、熱い」

「……。…恥ずかしいんだ……」

「キスは慣れた感じでしたけど……こういうの、嫌いですか?」

「……嫌いというか……先が分かってるだけに……恥ずかしい…。それに……こんな風に…扱われるのも初めてで…」

「……ああ、俺も男とキスするの、初めてです。……でも、それがこんなに感じるなんて、考えたこともなかった」

「…っ……」

正直に告げる江原の言葉を聞き、瀬戸は益々顔を赤くする。そんな反応が江原にとっては可愛すぎて、つい続けてしまう。

「瀬戸さんとするキス、めちゃめちゃいいです。テクニックとか、そういうんじゃなくて、気持ちだけでいけてる感じ」

「…っ……何言って…」

「瀬戸さんを…もっと恥ずかしくさせたい」

わざと耳元に唇を近づけ、低い声で囁くと、瀬戸の顔全部が赤く染まった。自分でも分かっているらしく、両手で顔を覆う瀬戸を引き寄せ、額に口付けてから抱き上げる。

「っ…や…！」

江原は驚いて声を上げる瀬戸を土足のまま部屋の奥に置かれているベッドへ運んだ。どさりと落とし、瀬戸の靴を脱がせてから自分の靴も脱ぎ、彼の上へ覆い被さる。

「え…はらくん…っ…」

「瀬戸さん、軽いですね。六十、ないでしょう」

「っ……ま…待って……」

「もっとキスして…恥ずかしくなくなるまで、キスしたら……」

いいんじゃないですか…と、誘惑を口にしながら、瀬戸と唇を合わせる。ベッドに押し倒され慌てていた瀬戸も、江原から啄むようなキスを何度もされる内に、観念したように目を閉じた。

それに立ったまま口付けているよりも楽で、気持ちがいい。淫らなキスに溺れ、瀬戸は我を忘れて江原を求めた。自らも江原の口内へ舌を差し入れ、彼を味わう。

「っ…ん……っ……ん…」

深い場所まで咬《か》み合って、長く長く、キスをする。終わりのないキスは温い風呂に似ている。いつまでも入っていられるような気がするけれど、いつの間にか、のぼせていたりするのだ。

「…ふ……っ……ん……」

　瀬戸が我慢していた鼻の奥から発せられる甘い響きの声も、次第に数多くなっていく。江原の背に手を回しながらも、瀬戸は自分の身体に起きている変化を悟られたくなくて、微妙に身体を離すようにしていた。

　けれど、密接してキスしているのだから、どうしたってバレてしまう。深い口付けで熱くなってしまったものに江原の脚が当たり、瀬戸はびくりと身体を震わせた。

「っ…ん」

「……」

　重ねていた唇を離し、江原は赤くなっている瀬戸の顔を覗き込む。伏せられた睫《まつげ》が作る小さな影を見つめながら、そっと瀬戸の脚の間へ手を伸ばした。

「…っ…江原…くん…」

　驚いて声を上げた瀬戸は思わず、目の前にある江原の顔を見てしまう。視線が合うと、江原は真面目な顔で瀬戸が気づかれたくなかった事実を口にした。

「…瀬戸さん。硬くなってる」

「…っ…」

「キスとか、久しぶり?」

低い声で聞きながらも、江原は悪戯《いたずら》するみたいに触れて来る。その手をいなしながら、瀬戸は眉間に皺を浮かべて正直に答えた。見栄を張ったところで得になるとは思えない。

「…ずっと……誰ともつき合ってないから…っ」

「…例の…パワハラ事件があったから？」

「も…う…っ…女はごめんだと…思ってて…っ…。江原くん、触るな…って…」

「ふうん…」

焦った様子を浮かべ、なんとか手を退けさせようとする瀬戸の様子を冷静に見つめ、江原は再び唇を重ねる。形を変えかけている瀬戸のものに触れたままだったから、最初は抵抗されたけれど、激しいキスでごまかした。

「んっ…」

誰ともつき合っていなかったというけれど、それ以前はそうでもなかったのだろう。瀬戸のキスは慣れたものだ。就職する前の…性格が変わってしまうほどのパワハラにあう前の瀬戸だったら、自分とこんな真似に及んだりしなかっただろうなと思うと、今の瀬戸でよかったと思った。

最初は暗くて厭な奴と思ったけれど、今は可愛く思えてるのだから。

「…っ……ん……ふ……」

キスしながらも江原は瀬戸のものを弄《いじ》る手を止めなかった。いなそうとしていた瀬戸の手も、口付けに翻弄されて疎かになっていく。そんな様子を見ながら、弄られるのが気持ちいいと思えるように、手を動かした。

江原にとっても他人のものに触れるのは初めての経験だったけれど、同性同士だ。おおよその感覚は一緒だろうと思いつつ、触れ続けていると、瀬戸は次第に焦れったいような仕草を見せ始める。

「ふっ……んっ……」

重ねている口付けも、もっと深くとでも言いたげに、熱心に求めて来る。瀬戸のものに直接触れたら…怒るだろうか。怒られても、今ならごまかせると思い、江原はそれとなくズボンの中へ手を忍ばせる。

自宅へ戻っていた瀬戸は、スーツから部屋着に着替えていた。長袖のTシャツにジャージ素材のズボンといったラフな格好だったから、手を入れるのも簡単で、素肌にもすぐに触れられた。

「っ…んっ……や…」

すぐに気づいた瀬戸がキスを解いて制して来る。しかし、その前に江原の手は瀬戸自身を直に触っていた。既に形が変わっているそれが下着の中で窮屈そうにしていたのを助けるように、ズボンと下着を一緒にずらす。

「…え…はら…っ…くん…！　やめ…っ」

「…これじゃ、苦しいでしょう。…大丈夫。瀬戸さん、何も考えなくていいから」

ね？　と優しく言いながら、顰められた眉に口付ける。尚も制止の声を上げようとする瀬戸の口をキスで塞ぎ、江原は外に出した瀬戸のものを両手で包み込んだ。

「んっ…」

瀬戸はびくりと震え、身体を縮こまらせたが、逃れる為に派手に暴れたりはしなかった。自分でする時よりも慎重に…丁寧に、瀬戸が感じるように気を遣いながら、両手で快感を促す。

江原の愛撫《あいぶ》によって上を向いた瀬戸自身は、すぐに先端から液を漏らし始めた。ずっと誰ともつき合っていない…というだけじゃなく、こうして達するのも久しぶりに違いないと江原は確信を抱く。昂ぶるのが速いのは瀬戸自身も自覚していた。

「…っ……江原くんっ……ダメ…だ…。そんな……したら…っ」

「…瀬戸さん。ずっとぬいてないとか…？」

「んっ……あ…っ……だって……そんな気に……ならな…かった…っ…」

恥ずかしそうに告白しながらも、瀬戸のものからは液が溢れ出し続けている。先端を弄っているだけで、くちゅくちゅといやらしい音が漏れるほどだ。更に赤くなっていく顔を両手で隠す瀬戸の耳元に、江原は低い声で囁いた。

「…我慢しなくていいですから。…いって」

「っ……そんな…っ…」

「気持ちよくないですか？　…キスする？」

江原の誘惑に瀬戸は顔から手を放し、彼の首に腕を回した。自ら口付け、深いキスをねだる。そんな瀬戸と淫らに唇を重ねながら、江原は愛撫する手を速めていく。根本から先端へ。リズミカルに扱いて快楽を追い上げてやる。

「…っ…ん…っ…ん」

掌の中にある瀬戸自身が大きさを増したと感じた時だ。ふいにびくりと大きく瀬戸の身体が震えた。一瞬硬直した後、昂ぶりきった瀬戸自身から欲望が溢れ出す。達した衝撃で唇を離した瀬戸は、荒い息で江原に謝った。

「は…あ…っ……ご…めん…っ……。江原くん、……ごめん…」

「なんで謝るんですか？」

恥ずかしさと申し訳なさでいっぱいなのだろうと想像しながら、江原は苦笑を浮かべて、瀬戸の顔中に口付ける。重ねられる優しいキスは瀬戸の気持ちを少しずつ落ち着けていく。

荒かった呼吸が収まりつつあるのを見て、江原は手を伸ばしてティッシュを取った。濡れた瀬戸のものを拭いてやり、彼の隣に横たわって、まだ赤い顔を覗き込む。

「…瀬戸さん、よかった？」

「………」

江原に悪気はなかったのだけど、瀬戸にとっては恥ずかしい問いかけで、とても答えられないというように背を向ける。江原はその背中に寄り添い、「すみません」と詫びた。

「怒らないで…？」

「……怒ってなんか……」

いない…と、瀬戸が小さな声で言うのを聞いて、江原は「よかった」と安堵した口調で返す。瀬戸の項や耳に口付けながら、不安だったのだと伝えた。

「…昨夜、我慢出来ずにキスしちゃって…。今日、瀬戸さんが店に来なかったから、また会えなくなるのかと思って……怖かったんです」

「……」

「瀬戸さんが…女だったら、もうちょっと自信持ってやれてるんですけど、…分からないことばっかで……不安で…」

江原にとっては正直な気持ちだったのだが、瀬戸は苦笑混じりに「何言ってんだ」と言う。

「自信がないのに…タクシー使って、連れ込んだのか？」

「それは……その、勢いで…」

「勢いが多いな」

今度は小さな笑いが含まれていて、江原は困った気分で起き上がって瀬戸の顔を覗き込む。目が合うと、瀬戸は仰向けになって江原の首に手を回して引き寄せた。

「……正直、複雑だったけど……嬉しかった…。江原くんは裏の俺も知ってるのに…暗くて、厭な奴だって知ってるのに……それに、男なのに。好きだって言ってくれて……嬉しかったんだ」

「……」

小さな声で告げられる内容は、江原を天にも昇るような気持ちにさせるものだった。残念だったのは、瀬戸に抱き寄せられていて、彼が肩に顔を埋めているので、その表情が見えないことだった。

けれど、瀬戸にとってはものすごく恥ずかしい台詞なのだろうから、とても顔は見せられないに違いない。江原は贅沢《ぜいたく》は思わず、瀬戸の身体を力を込めて抱き締めた。

「……瀬戸さん…」

好きです。改めて告白して、キスをする。互いを想い合えて重ねる口付けは、どれだけしていても飽きない気がする。ただ、厄介なのは下手に経験を積んでいるだけに、すぐ快楽を追ってしまうことだ。

「…っ……ん……ふ…」

瀬戸の求めに応えている内に、意識して抑えていた江原の欲望も昂ぶってくる。瀬戸を感じさせなきゃ…と思っていた時はそれほどでもなかったのだが、告白されたのが嬉しかったなんて告げられて、気持ちがハイになっていたから身体にも影響していた。

その上、贅沢な考えも浮かんでしまい、江原は仕様のない自分を知られる前にやめておこうと思い、それとなく口付けを解いた。

「……ん………」

「……瀬戸さん……」

明日も仕事だから…といきなり言うのもムードを壊してしまう。なんて言えばいいのか。相応しい言葉を探していると、瀬戸が大きく息を吐いてから、小声で「いいよ」と言った。

「……」

一瞬、何を言われているのか分からず、江原は瀬戸をじっと見つめた。瀬戸はその視線を避けて顔を背け、ためらいを含んだ口調で繰り返す。

「…江原くんが……したいなら、…いい」

「……」

そこまで言われると、さすがに江原にも瀬戸の意図が読めた。だが、俄に信じがたいことでもあり、慌てて確認してしまう。

「え…っ…いいって……瀬戸さん、本当に？　本当にいいんですか？」

「……」

しかし、一世一代の告白みたいな気分で口にした瀬戸にとっては、何度も確かめられたくない内容である。瀬戸は江原の身体を追いやるようにして横を向き、黙ってしまった。

そんな瀬戸の様子に、江原は自分の失敗に気づき、焦って謝る。

「す…すみません。…だって、信じられなくて……すみません」

重ねて詫び、瀬戸の背中に寄り添って、項や首筋にキスをする。感じそうな場所を探りながら唇を這わせつつ、瀬戸の前に手を伸ばした。

「っ…俺は……もういい…からっ」

「…瀬戸さんが辛いのは厭ですから」

一緒に感じてくれないと厭だ…と繰り返し、江原は瀬戸のものを掌で包み込む。達した後、一度は萎えた瀬戸自身は、再びキスをしている間に硬さを取り戻していた。

先端からも液が漏れ出して、二度目の解放を願っているようだ。それを優しく愛撫しながら、江原はそっと窺うように後ろに触れる。

「あっ」

背後から孔に触れた途端、瀬戸は高い声を上げて身体を震わせた。ぎゅっと内腿に力を込めて閉じようとする瀬戸の脚を撫で、優しく促してうつ伏せにさせる。

「…瀬戸さん。後ろ、したことないんですよね？」

「っ……当たり前…っ」

「俺が初めてで…いいんですか？」

「…あっ……ん…っ…江原くんくらいしか……こんなこと、思わない…っ…」

それはどうかなと内心で首を傾げつつ、江原は瀬戸の下衣を脱がせてしまうと、腰を抱えて膝を曲げさせる。尻を突き出すような体勢に羞恥を覚え、動こうとする瀬戸を押さえて孔の周囲に触れた。

「あ…っ…ふっ…」

「感じますか？」

声の高さも、身体の反応も、キスや前を愛撫した時とは比べものにならない。微かな声で「うん」と返事する瀬戸に緊張しなくてもいいと落ち着いた声で言い、江原はベッドの隣にある棚から潤滑剤のチューブを取り出した。

それを視界に捉えた瀬戸は驚いて、「江原くん?」と訝しげに呼びかける。

「…あ、大丈夫です。おかしな薬とかじゃなくて、ただの潤滑剤なんで…」

「な…なんで、そんなものが家に…?」

「……。瀬戸さん家にはないでしょうね…」

普通ですよとごまかしながら、江原はゼリー状の潤滑剤を瀬戸の後ろへ塗り込める。指先で触れられるだけでも感じたのに、ゼリーの感触が更に快感を押し上げて、瀬戸はシーツに顔を埋めた。

「んっ……ふ……あっ…」

「…最初、気持ち悪いかもしれないんですけど…すぐに慣れますから…。ちょっと我慢して…」

「っ……あ……えはら…くんっ…。初めて…じゃ…ない…?」

「あー……男は初めてです」

瀬戸がどう思うか怖かったけれど、嘘を吐いて誤解を受ける方が厄介だと思った。正直に伝え、瀬戸の背中に寄り掛かる。耳元にキスをして、「すみません」と過去の悪行を詫びた。

「これでも……色々つき合って来たんで…」

「…っ…なのに、俺……？」

「こんな、マジで好きになったのって、初めてに近いんですけどね」

苦笑して本心を口にすると、指を含ませている瀬戸の中がぎゅっと締まるのが分かった。

堪らない仕草に江原は深く息を吐き、熱い内壁に包まれている指を動かす。潤滑剤をたっぷり含ませた指は狭い内部を掻き分けて奥まで進み、瀬戸の快感を探り当てていく。

「っ…あ…っ…んっ…やっ…」

「…やっぱ、後ろって男の方が感じるんですね」

「も…っ……んっ…ふ……っあ…」

様子を窺いながら動かしているから激しくしているわけではないのに、瀬戸は甘く高い声を上げ続けている。ぎゅっと拳を握って耐えている様子はせつなげで、江原は自分の欲望が昂ぶるのを堪えながら、丹念に瀬戸の内部を解していった。

「…っ…あ…はっ……んっ…」

「……瀬戸さん…」

それでも瀬戸の反応を見ているだけで、限界が近づいて来る。溜め息混じりに名前を呼び、後ろから指を抜く。瀬戸を仰向けにさせると、涙で濡れた顔がひどく淫猥《いんわい》に見えた。

ずくりと疼く下半身を抑えきれず、江原は瀬戸の唇を奪いながらデニムを脱ぎ捨てる。

細い脚を抱え、とうに勃ち上がっている自分を濡らした孔に宛がう。瀬戸がはっとしたように目を開けるのに気づき、濡れた瞳を覗き込んだ。

「…きつかったら…言って…?」

「んっ…」

息を吐くように求めて来る江原に従い、瀬戸は必死で呼吸をして身体を緩めた。ぎりぎりまで開かれている気がしたが、ひどい痛みはない。それよりも江原が中に入って来るのがリアルに伝わって来て、上を向いたままの前が痛いほど硬くなる。

「…っ…あ…っ…はっ」

「……入った…」

「んっ……」

ほっとしたような江原の声を聞き、瀬戸が衝撃を耐える為に閉じていた瞼を開けると、目の前にしあわせそうな笑顔があった。辛いのは事実だけれど、江原の笑みを見ただけで何もかもがよかったと思える。

「……」

だから、瀬戸も釣られるようにして微笑んだ。身体に負担がかかっているのは事実で、ぎこちない表情だったけれど、江原には十分な笑みだった。

初めて瀬戸を可愛いと思った時の笑顔を思い出す。カメレオンを前にした瀬戸が微笑んでいるのを見て、こんな風に笑えるのかと驚いた。それまで暗い顔しか見たことがなかったから、余計に可愛く見えて…。

「…瀬戸さん…」

「ん……」

心から愛おしく思い、唇を重ねる。甘く、淫らなキスを交わして、二人で快楽を追い求める時間はこれ以上ない幸福に満ちていた。


キスをしただけでも転げ回ってしまうほど、嬉しかった。そんな相手とその翌日に結ばれるなんて幸運が訪れようとは、江原は想像もしていなかった。

「……江原くん…」

「はい？」

「…申し訳ないんだけど……そろそろ…」

帰りたいんだ…と瀬戸が控え目に言うのを聞き、江原は閉じていた目を開けて部屋の時

計を見た。時刻は一時を過ぎている。瀬戸と愛し合った後も離れがたくて、彼を抱き締めたまま、微睡《まどろ》んでいたのだけど。

「…泊まっていきませんか？」

「……」

甘えるみたいに勧めてみたのだけど、瀬戸は難しい顔になって無言を返して来る。瀬戸の考えは分かっている。カメレオンたちが心配なのだろう。でも、初めて結ばれた今夜くらい…と思うのは我儘《わがまま》だろうか。

…という気持ちを江原は心に仕舞い、表には出さなかった。瀬戸がカメレオンたちを大切にしているのは十分過ぎるほど分かっている。こうやって瀬戸と結ばれたのも、カメレオンの存在があってこそだ。

「分かってます。瀬戸さんにはパー子たちがいますもんね。…でも、帰れますか？」

「ああ。思ったより……大丈夫そう」

神妙な顔で頷き、瀬戸は江原の腕を離れて起き上がる。江原も瀬戸を送って行く為にベッドを下り、二人で着替えてから部屋を出た。

「ここでいいよ。もう遅いし」

「何言ってんですか。危ないから送りますよ。それに瀬戸さんのとこに自転車置いたままだし」

アパートの前で別れようとする瀬戸に、江原は自転車を取りに行くのを口実にして、マンションまで送ると申し出る。僅かでも長く、一緒にいたかった。瀬戸に合わせてゆっくりと通り沿いを歩きながら、タクシーが来たら拾おうと話していたのだが、深夜のせいかなかなか通らなかった。

「来ないな。呼ぶほどの距離でもないし…。江原くん、諦めてあっちの道を行こうか」

「瀬戸さん、しんどくないですか？」

「ああ、大丈夫。向こうの方が近道だよ」

深夜でも車通りが絶えない幹線道路を離れると、途端に静かになる。外灯もあるし、明かりの点っている家や部屋も結構あるから、夜でも視界はあるけれど、同じ街でも昼間とは全然雰囲気が違う。

「……」

その上、瀬戸が全く話さないから、江原も何を話せばいいか、戸惑ってしまった。話したいことはいっぱいある。けれど、瀬戸が無言でいる理由は分かっていて、余計な一言を滑らせて機嫌を損ねたくなかった。

それに隣を歩いている瀬戸の横顔を少し覗き見るだけで、ベッドでの彼を思い出してしまい、叫びだしたいような衝動が生まれそうになる。キスだけ。瀬戸が恥ずかしく感じなくなるくらい、たくさんのキスをするだけ…と思っていたのに。

まさか、瀬戸から許してくれるなんて。考えてもいなかったし、あんなにいいとも思っていなかった。抱いている相手の声や表情だけで達しそうになるなんて、初めての経験だったから…。

「江原くん」

「っ…は…はいっ…！」

不埒《ふらち》な想像をしていた江原は、突然瀬戸に呼ばれ、大きな声で返事する。瀬戸は驚いた目で江原を見て、「どうした？」と理由を聞いた。

「い…いえ、なんでもありません。え…ええと、はい。何ですか？」

「……」

「瀬戸さん？」

改めて、何の用だったのかと聞いたのだが、瀬戸は躊躇いがちに視線を揺らし、「いい」と低い声で言った。折角、瀬戸が何か話そうとしてくれていたのに、妙なことを考えていて失敗してしまうなんて。反省を込め「すみません」と詫びると、瀬戸は不思議そうに江原を見る。

「なんで江原くんが謝るんだ？」

「え…あ、いや…」

もごもごと口籠もる江原に対し、瀬戸は苦笑を浮かべて前を見た。そのまま、また無言で歩き始めた瀬戸に、江原は話しかけるタイミングを見つけられなくて黙って歩く。そして、角を曲がれば瀬戸のマンションが見えるというところまで来て、再び声が聞こえた。

「あのさ…」

「はい？」

「俺たちって……つき合うの？」

小さな声で尋ねられた内容に江原は驚き、足を止めた。目を丸くし、驚愕の表情を浮かべる江原に、瀬戸はしまったという顔つきになって「ごめん」と謝る。

「変なこと、言った。ごめん、忘れてくれ」

「ちょ…ちょ、ちょっと、待って下さい。ええと、確認させて下さい。…瀬戸さんは…俺と、つき合いたくないんですか？」

告白して、まんざらでもない反応を見て、キスして、エッチまでしたのだ。すっかりそのつもりでいた江原は、思いがけない問いを受けて動揺していた。恐ろしい答えを返されたらどうしようと思いつつも、聞かずにはいられなくて確認する江原の前で、瀬戸は俯いたまま、黙っていた。

　沈黙している瀬戸は……やはり、自分とつき合うつもりはないのだろうか。だって…男同士だから。なんて、言われたら……返す言葉がない。いや、あるだろうか。混乱していく速度が速くて、なんて言ったらいいのかも思いつかない江原に、瀬戸はまた聞き取れないような小さな声でぼそりと言った。

「…だって……江原くんはもてるんだろうし…。なんていうか……やっちゃえば終わり、みたいな…。俺は男だし…その、…本気とかじゃないんだろうな…とか…」

「まさか！　何言ってんですか、瀬戸さん。本気じゃなかったら男に告白なんて、出来ませんよ⁉」

「…うん…まあ…そうだろうけど…」

「確かに…順番が逆になって、申し訳ないとは思ってます。…つき合って下さいって頼んでから、ですよね」

　キスもそれ以上のことも、その後ですべきだった。衝動を抑えきれなかった自分を深く反省しつつ、江原は改めて瀬戸に申し込む。

「俺と…つき合って欲しいんです」

「……」

「俺は瀬戸さんが好きだから…。一緒にいると楽しいし、嬉しいし、いいこと尽くめなんです。電話しててもメールしてても楽しくて…そういう相手って、なかなかいなくて…。瀬戸さんを困らせてしまうかもしれないんですけど……一緒にいたいんです」

「え…江原くん。…ここ、外だし。そ…その話はまた今度ってことで…」

どれくらい瀬戸を好きなのか。滔々《とうとう》と語り出した江原に慌てて、瀬戸は再び歩き始める。早歩きでマンションへ向かう瀬戸の背中を追いながら、江原は「今度って」と尋ねた。

「いつですか?」

「……」

「その時、瀬戸さんの返事をくれますか?」

「……」

瀬戸はまた沈黙してしまい、その内にマンションに着いてしまう。二人でエントランスから中へ入り、階段を使って二階へ上がった。江原は駐輪場に停めてある自転車に乗って帰るつもりだったが、何も言わない瀬戸が気になって部屋までついていった。

自室の玄関まで着くと、瀬戸は江原に背を向けたまま立ち止まる。そのままじっとしていたが、しばらくして、後ろにいる江原を振り返らないままぼそぼそと呟いた。

「…俺はこんな性格だから…もう誰ともつき合ったりなんか出来ないんだって思ってた。

会社での俺は別として、普段の俺を好いてくれる相手なんか、絶対いないだろうと思って
て…」

「………」

「俺で……いいのかな?」

背を向けたまま震える声で聞く瀬戸を、江原は強く抱き締めた。このままもう一度、衝動に身を任せてしまいたい。そんな欲望を強く抑え込み、瀬戸の肩に顔を埋めて掠れた声で頼む。

「……勘弁して下さい…」

「…何を?」

その天然なところ…とは言えず、江原は瀬戸に抱きついたまま、じっと耐えるしかなかったのだった。


それでも、江原がしあわせを手に入れたのは間違いなく、全てが薔薇《ばら》色だった。店へ顔を出すように努力はする…と約束してくれた瀬戸を、翌日も夕方が近づいた頃からそわそわしながら待ち焦がれていた。

「江原くん」

「わっ！」

「な…なに？　びっくりさせた？」

上平に突然背後から呼びかけられ、出入り口の様子を窺っていた江原は思わず大声を上げてしまう。振り返れば上平が驚かせたのかと申し訳なさそうにしていて、江原は大きく息を吐いて謝った。

「すみません。ちょっと…集中してたので」

「そうなの？　なんか落ち着きないなと思ってたんだけど…」

「いやいや。集中して仕事してますよ」

本当のところ、上平の言う通り、仕事が手につかず店内をうろうろと…主に出入り口付近を…歩き回っていたのだが、認めるわけにもいかず、小さな嘘を吐く。上平は怪訝な顔つきで「集中してるところ悪いけど」と切り出した。

「こっちの作業、手伝ってくれないかな」

「なんですか？」

「エボシカメレオンの幼体が入荷したんだよ。状態確認とケージ作り」

「おお。やります、やります」

魅惑的な話に、江原は喜んで上平の後についてバックヤードに向かう。新しく入荷した幼体は十センチほどの大きさしかなく、とても可愛らしい。それを見るだけで瀬戸を思い出し、早く来てくれればいいのにと願った。

いや、今夜来なかったとしてもこれを餌にすれば…などと、企んでいた江原の横で、上平が小さなエボシカメレオンを手に乗せながら、「そう言えば」と切り出す。

「このところ、瀬戸さん来ないよな。転勤にでもなったのかな」

「えっ…あ…っ…ち…違うと思います…よ？」

「なに？　江原くん、瀬戸さんと連絡取ってるの？」

「連絡っていうか……なんていうか…」

どう言うのが普通だろうか。偶然会ったとでも言うべきか。悩む江原をよそに、上平は全然気にしてない様子で「そっか」と呟く。

「元気ならいいんだけど…。また来てくれないかな。常連さんの姿が見えなくなるのって、寂しいんだよね」

「……」

上平と同じく、店で瀬戸に会えないのは自分も寂しい。仕事帰りに瀬戸の部屋に寄れば会えるとしても、爬虫類部門へ戻って来たのは彼の為だし、やっぱり店でもその姿を見たいと贅沢を思ってしまう。

だが、瀬戸が店に顔を出せない理由は自分自身にある。瀬戸は自分を見るだけで堪らなく恥ずかしくなってしまうのだ。どうしたものかと考えながら仕事をしていると、上平を呼ぶ声がした。後を頼まれた江原は一人で作業を進める。お気に入りのカメレオンが相手だったこともあり、時間も忘れて熱中していた。

上平が用意していた空のケージにヤシガラ土を敷き、止まり木を配置する。幼体を何匹か入れる為、数が分からなくならないよう、見栄えを考えつつも量を制限しながら観葉植物を入れていく。

「……よし。レイアウトはこんな感じでいいかな。…お前ら移動するぞ～。よしよし。お前たちも瀬戸さんみたいないい人に飼って貰えるといいな」

出来上がった新しいケージへカメレオンの幼体を移しながら、自然と独り言が漏れる。上平が戻る気配はなく、ずっと一人だった江原は油断していた。目の前のカメレオンが可愛すぎて…というのもある。

だから。

「………」

最後のカメレオンを移動させた後、なんとなく気配を感じて後ろを振り返った江原は飛び上がった。上平だったらそこまで驚きはしなかったが、会社帰りと思われるスーツ姿の瀬戸が立っていたのだ。

　しかも、俯いた顔が微妙に赤い。独り言を聞かれていたのは間違いなく、江原は慌てて「すみません」と詫びる。

「あ…あの、一人だって…思ってて…。瀬戸さん、いつの間に…」

「…今。上平さんにエボシの幼体が入ってるから……バックヤードで江原くんが用意してるんで見て来て下さい…って言われて…」

「…そうだったんですね…」

　瀬戸にとってはこうして店に来て自分に会うのだけでも恥ずかしいだろうに。その上、妙な独り言まで聞かせてしまい、申し訳ない気分だったが、江原にはちょうどいいごまかしアイテムがあった。

「この子たちなんです。今、移動させたばっかで…」

「……」

　瀬戸にはカメレオンを見せるに限る。出来上がったばかりのケージを瀬戸に見せると、彼はがらりと表情を変え、真剣にケージを覗き込んだ。何匹か入っている幼体の一匹を見つけると、瀬戸の顔には満面の笑みが浮かぶ。

「……元気そうだね」

「そうですね。上平さんとも確認しましたが、全部状態がよくて…。上平さんにはまだ見て貰ってないんですけど、レイアウトってこんな感じでいいですか？」

「うん。申し分ないと思う」

瀬戸から合格点を貰え、江原はほっと息を吐く。それから並んでケージの中を覗いていたのだが、正直、カメレオンよりも瀬戸の方が気になっていた。カメレオンを見ている瀬戸は嬉しそうに微笑んでいて、その表情に見とれてしまう。

そして、そんな江原の視線を、瀬戸が気づかないわけはなく。

「……江原くん」

「えっ…は…はい？」

「そんなに…見ないでくれるかな…」

江原から微妙に顔を背け、控え目に言う瀬戸の頬は赤くなっている。失敗した気分で慌てて視線を外し、江原は「すみません」と詫びた。

だって、瀬戸が可愛いから…なんて言い訳はとても口に出来ない。今夜だって意を決して来てくれたに違いないのだから。じっと見たいけれど、見てはいけない。まるでカメレオンみたいだと思いつつ、ケージの中の幼体を眺めて「可愛いですね」と口にした。

「…うん」

「店だと、こうやってベビーとか見られるし、楽しいでしょ。また毎日来て下さいね」

「そうだね」

「帰りに寄ってもいいですか？」

ついでみたいに尋ねると、瀬戸から返事はなかったが、小さく頷く仕草を見せる。横目で見た赤いままの頬が、昨夜の甘い声を思い出させて、江原が不埒なことを思いついた時だ。

「どうですか？」

「‼」

突然、間近で上平の声が聞こえて、江原は飛び上がった。真っ青になって振り返れば、すぐ後ろに上平が立っている。疚しい真似はまだ何もしてないが、頭の中にはあったので、ものすごく焦ってしまう。

「う…う…上平さんっ…。いつからっ…⁉」

「今だよ。瀬戸さん、どうですか……あれ？　どうかしました？　顔が赤いですよ」

「な…何でもないです…。と…とてもいいカメレオンだと思います。…じゃ、俺はあっちで…」

上平から不思議そうに指摘された瀬戸は、益々顔を赤くして慌ててバックヤードを出て行った。江原はその後を追い掛けたかったけれど、仕事中だし、何より瀬戸自身に拒否されるだろう。

泣く泣く追い掛けるのを諦めて、上平に出来上がったケージを確認してくれるように頼む。だが、上平は瀬戸が逃げ出していった方をしばし眺めた後、思わせぶりな口調で江原に言った。

「江原くん。瀬戸さんさ。カメレオンみたいな人だから、あんまり見つめるとストレスで死んじゃうかもよ？」

「……。…えっ…⁉　ど…どういう意味…」

「しばらく瀬戸さんが来なかった意味が分かったよ。江原くんが本店に戻っていったり、こっちへ戻って来たり、忙しかった理由も。そうか。そういうことだったのか～」

「ちょ…待って下さい！　上平さんっ、どういう意味…っ…？」

上平の表情はいつもと変わらず、口調も淡々としているけれど、完全にばれているような気がする。やはり二人で並んでこそこそ話していた内容を聞かれていたのか。真っ青になってフォローを考える江原の肩を、上平は優しく叩く。

「とにかく、瀬戸さんは俺にとっても大事な常連さんだから。瀬戸さんが店に来なくなるような真似だけはやめてくれるかな?」

「…わ…分かりました…っ。あ、あの、上平さんっ。お願いですから、瀬戸さんには言わないで…っ」

「分かってる。俺にばれたって知ったら、瀬戸さんは二度と顔を出してくれなくなるだろうから」

上平がにっこり笑って約束してくれるのは有り難かったが、ばれたのは確実となり、江原は複雑な心境でその場にへたり込む。店の中で僅かでも疚しい思いを抱いた罰が当たったのかもしれないと思い、深く反省した。


けれど、やはり瀬戸を前にすると、どうしたって顔が緩んでしまう。

「江原くん」

しばらくカメレオンのエリアに滞在した後、店を出て行った瀬戸は家に帰ったのだと思っていた。閉店後、急いで仕事を片付け、瀬戸のマンションへ向かう為に自転車に乗ろうとした江原は、愛しい声が自分を呼んでいるのに気づいて振り返る。

「瀬戸さん? もしかして、待っててくれたんですか?」

「…いや、今日は…遅くまでいたから…。ついでっていうか…」

「ありがとうございます」

恥ずかしそうに視線を背けてぼそぼそ話す瀬戸に礼を言い、自転車を引いて一緒に歩き始める。一刻も早く家に帰ってパー子たちに会いたい筈の瀬戸が、こうして待っていてくれたというのは江原を有頂天にさせる。

こうして少しずつ……カメレオンよりも地位を上げていけたら。いつか、瀬戸の一番になれる日が来るかもしれない。

そんな願いを抱くのだけど。

「江原くんは……日曜は仕事を休んだり出来ないんだよな?」

「いえ。基本、俺はバイトですから。頼めば休ませて貰えます。鰐淵さんも復帰したんで、前みたいにぎりぎりってこともないんで」

緑水館の定休日は月曜だが、瀬戸が勤めている会社は土日を休みとしてる。だから、休みの日が合わないのだけど、瀬戸が日曜を休んで欲しいというならば、幾らでも休みを取るつもりだった。

もしかして、デートとか? 瀬戸が何も言わない内から江原は妄想を膨れさせる。仕事帰りに店に寄ってくれて、こうして一緒に帰るのだけでも十分だけど、瀬戸と何処かに行けるなんて嬉し過ぎて目眩がしそうだ。

「瀬戸さん、何処か行きたいところでもあるんですか？」

「…江原くんが…よければなんだけど…。上平さんたちにも迷惑がかからないようだったら…一緒に行きたいんだ」

「分かりました。大丈夫です！　休み貰って来ますから！　で、何処に？」

「レプタイルズフェア」

「………」

映画とか、遊園地とか、水族館とか。ベタなデートスポットを瀬戸と二人で楽しんでいる妄想を浮かべていた江原は、一瞬で撃沈する。そうか…そうきたか。レプタイルズフェアというのは爬虫類マニアの為に開かれる展示即売会であり、江原も上平から一度行った方がいいと勧められているのだけど…。

まさか、そこが初デートとは。意気消沈する江原の横で、瀬戸は熱くレプタイルズフェアについて語る。全国から業者やブリーダーが集まるので、珍しいカメレオンが見られるチャンスがあるかもしれないと話す顔は、いきいきとして嬉しそうだ。

そんな瀬戸に隠れて、江原は硬く拳を握り締め、いつかきっとカメレオンよりも高い地位を得てみせると誓うのだった。

おまけ

大田《おおた》区の展示場で開かれるレプタイルズフェアに行かないかと江原《えはら》を誘うと、即座に行きますという返事があった。上司である上平《うえひら》から休みを貰えたと報告する江原は嬉しそうで、そんなに行きたかったのかと、瀬戸《せと》自身誘ってよかったと思えていた。

土日の二日間、行われるイベントに瀬戸は両日足を運ぶ予定だった。その日によって入る個体が違うからだ。江原が休みを貰ったのは日曜だったので、その前日の土曜。瀬戸は朝から一人で出かけ、その後緑水館へ立ち寄った。

嬉しそうに出迎えてくれた江原に少しだけ気恥ずかしい思いを抱きながらも、存分にカメレオンを眺めて店をあとにする。そして、緑水館《グリーンアクアクラブ》が閉店した九時過ぎ。江原が部屋を訪ねて来た。

「瀬戸さん。明日はいつ頃出かけますか？　浜松町《はままつちょう》からモノレールに乗るんですよね？」

「詳しいね」

「調べました」

ふふん…と江原は笑みを浮かべて自慢げに言う。江原が楽しみにしているのはいいことだけど、一点だけ注意しておかなければいけないと瀬戸は口を開いた。レプタイルズフェアには江原が苦手なあれもいる。

「あのさ、江原くん。レプタイルズフェアに出てるのはカメレオンだけじゃないんだ。どちらかと言えば、カメレオンはまだまだ少数で、多いのはカメとかトカゲとか…江原くんの苦手な…あれだから…」

「わ…分かってます。見ないように気をつけますから」

あれ、と聞いただけで緊張する江原の表情は瀬戸にとって微笑ましいものだ。再び爬虫類部門へ戻り、専門的な知識を身につけようと頑張っている江原だが、生理的な嫌悪感がどうしても抜けず、ヘビが苦手なままでいる。

「でも、店とは違って何処かに固まって置いてあるとかじゃないいんだ。結構…何処にでもいるから、覚悟しておいた方がいい」

蹴躓《けつまず》いた箱からヘビの幼体が逃げ出しただけで、江原は本気で怖がり大騒ぎをしていた。恐ろしい思いをするのは可哀想だから、誘わない方がよかったかとも思うのだが、江原自身は行く気満々だ。強張った顔で「大丈夫です」と繰り返すのを見ていると、江原のやる気が伝わって来て、瀬戸も協力すると伝えた。

「俺といたら教えてあげられるからさ。出来るだけ、一緒に行動した方がいいよ」

「もちろんですよ。え…まさか、瀬戸さん、別行動するつもりだったんですか？」

「別行動っていうか…会場には色々いるから、それぞれ見たいものを見ればいいかなって」

驚いた江原の様子に、瀬戸は戸惑いを感じながら答える。会場は広いし、色んな生き物が展示即売されている。お互いの興味に応じて別行動を取った方が合理的だという考えを瀬戸は持っていた。

ただ、江原には特殊な事情があるから一緒に…と言っただけなのだが。怪訝そうな顔をされる理由が思いつかず、瀬戸は内心で首を捻っていた。

それに。

「レプタイルズフェアの会場って広いんですか？　どれくらいで見終わるものなんですか？」

「そうだな。今日、行った感じでは…十時開場で、出たのは三時くらいだった」

「えっ。瀬戸さん、今日も行ってたんですか？」

「ああ。帰って来てから店に寄ったんだ」

同じイベントに連日参加するという瀬戸のマニア心が江原には分からないようで、感心したように「はあ」と頷く。十時から三時…と指を折って数え、「五時間も?」と呟く顔も微かに顰められている。

「おかしいかな…?」

「い、いえ。瀬戸さんですから、それくらい当然だと思います! …けど、三時に出たら、その後はフリータイムでいいんですよね?」

「フリータイム? …うん…?」

どういう意味で江原が言っているのか、今ひとつ理解出来なかったが、瀬戸は曖昧な感じで頷いた。それを見て江原は小さくガッツポーズを決め、そこからが勝負だとでも言いたげに鼻息荒く、「何が食べたいですか?」と聞いてくる。

「帰りに何か食べるってこと?」

「はい。俺、店選んでおきますから。瀬戸さんのいいものを」

「俺は何でもいいよ。…あ、でも帰りにコオロギを買ってこようと思ってるから。出来れば、一度家に帰ってから出かけるとか…だと有り難い。さすがにコオロギ持って飲食店に入るのはね。店の人にも厭がられるだろうし」

「コオロギなんてうちの店で…」

「ごめん。安いんだよ。ああいうイベントで買うと」

本当は緑水館で買うべきだと分かってはいるが、消耗品だけに安価は魅力だ。今日も買って来て冷凍庫にしまってある…と瀬戸が言うのを聞いた江原は、意気消沈した顔つきになった。

「江原くん？」

「…あ、いえ。何でもないです」

どうしたのかと不安になって声をかけると、江原は慌てたように首を振る。気にはなったのだが、江原がお腹が空いたと言い出したのでそれで話は終わってしまった。


翌日。瀬戸はレプタイルズフェアへ出かける為に、江原と駅で待ち合わせをした。十時の会場前に目的地に着きたかったので、八時半に集合ということにしたのだが、瀬戸が到着した時には江原は既に待っていた。

「瀬戸さん！」

「……」

瀬戸の姿を見つけた江原は嬉しそうに手を挙げる。その姿を見た瀬戸はどきりとした。

男でも勝負服とかあるものだな…と妙な考えが頭を過《よぎ》る。

　普段の江原は仕事柄もあって、いつ汚れてもいいようなシンプルな服装だ。Tシャツにデニムが定番で、それにエプロンという姿を見慣れているせいか、帽子まで被っている今日はやけにお洒落に見える。

　遠くまで出かけるから…というだけでなく、「自分と」出かけるからという理由が含まれている気がして、瀬戸は我が身を省《かえり》みた。出社する時は立場もあって、一分の隙もないように身だしなみを整えるが、休日はその反動が出て、非常にいい加減だ。アイロンもかけていないしわしわのシャツに、十年は履いている色褪《いろあ》せたデニム。髪は起きたままで、辛うじて顔を洗った程度である。

「…悪い。待たせた？」

「全然。ちょうどよかったです。もうすぐ電車が…あ、きますよ」

　ホームに流れるアナウンスを聞き、江原はテンション高く瀬戸に教える。まるで初デートする学生みたいだ…と思ってから、昨夜、なんとなく気になったことの正体が分かった気がした。

　自分はレプタイルズフェアに行きたくて、江原にとっては勉強にもなるだろうからと誘ったのだが、彼はもしかしたら違う意味で捉えていたのかもしれない。自分たちは…つまり、「つき合って」いるから。

本当に「初デート」であると思っているのなら、江原の態度も納得出来る。しかし…。

「瀬戸さん?」

「……」

「どうかしましたか?」

「…何でもない」

そんな風に意識してしまうと、無性に恥ずかしくなって江原の顔がまともに見られなくなる。心配そうにしている江原に申し訳ない気分になったが、どうしようも出来なくて、殆《ほとん》ど無言のまま目的地である展示場の最寄り駅に着いた。

モノレールにはイベントに出かけるのであろう客が大勢乗っていて、大半の客が降りて行く。その波に乗るようにして会場である展示場へ向かった。入場者がずらりと列をなしているのを見て、江原は驚きの声を上げる。

「すごい人ですね。並んで入るんですか?」

「ああ。日曜だから昨日よりも多いみたいだな。早めに出て来て正解だったよ」

会場周辺を取り巻く入場者の熱気に囲まれると、電車の中で江原と並んで立っていた時よりは恥ずかしさが紛れ、普通に会話が交わせた。瀬戸は入場券を既に購入しており、江原の分を渡す。

「すみません。お金…」

「いいって。江原くんには世話になりっぱなしなんだし」

「じゃ、飯奢ります」

「……」

江原が「飯」と言うのを聞いて、昨夜の誘いを思い出した。江原とはよく食事に行くから、いつもと同じように考えていたけれど、何か食べたい物はないかと聞いたのは特別な意味合いがあったのかもしれない。

つき合うのかと確認したのは自分の方なのに。長い間、誰ともつき合っていなかったし、相手が同性だというのも初めてだから、何だか調子が狂う。戸惑いを抱きつつ、列が進むのに合わせて会場内へ入ると、大好きな爬虫類を前にして一瞬迷いが飛んだ。

「江原くん、あっち行こう」

昨日も訪れているから、何が何処にあるのかは全て頭に入っている。瀬戸は爬虫類全般に興味があるけれど、やはり一番に見たいのはカメレオンだ。カメレオンを扱っている業者のブースへ江原を誘い、辿り着いた先で夢中になってカメレオンを観察した。

「コノハカメレオンは地味だけど、やっぱり可愛いな…」

「瀬戸さん、コノハは飼ったことないんですか？」

「ああ。つい派手な方に惹かれてね。でも、この地味具合にも惹かれるな」

瀬戸は幾らでもカメレオンを見ていられる男だ。熱中してしまうと周囲も見えなくなる。その時も江原という連れがいるのを忘れて、カメレオンだけを見ていたのだが…。

「………」

じっと見ている筈なのに、逆に見られている気配を感じてはっとする。しかも結構な至近距離だ。そっと視線をそちらへ向ければ隣に立っている江原と目が合って、やっぱりという気持ちになった。

「……何？」

「い…いえ」

江原は慌てて目をそらし、カメレオンの方を見る。瀬戸にとっては目の前にカメレオンがいるのにそれを見ないなんて信じられなかったが、江原の気持ちを推測することは出来た。江原は緑水館でも自分をじっと見ていたことがある。

恐らく、自分にとってのカメレオンと同じくらい、江原にとっての自分はいつまで見ていても飽きない存在なのだろう。そんな考えは瀬戸にとって危険なもので、頬が熱くなるような感覚に襲われ、カメレオンに集中出来なくなる。

それに江原と距離を置きたくても、出来ない状況だ。苦手なヘビを目にしてしまったら、江原が卒倒しかねない。常に一緒に行動している内に、江原の視線を敏感に感じるようになった。

よって。

「……江原くん。そろそろ出ようか」

「え…もういいんですか？　まだ一時ですよ？　三時までいるんじゃ…」

「昨日も見たし、もう満足した。江原くんが堪能したなら、出よう」

本当はいつまでもいられるのだが、至近距離から感じる江原の視線が堪らなかった。不快というわけではなく、どきどきしてしまっている自分自身に躊躇いを覚えるのだ。二人で会場を出て、駅に向かい始めてすぐに江原が「あっ！」と声を上げた。

「瀬戸さん、コオロギ買うの、忘れてません？」

「あー……いいんだ」

実は忘れてたのではなく、思うところがあって、わざと買わなかった。苦笑を浮かべて江原を見ると、瀬戸は何か食べに行こうと誘う。

「折角、遠くまで来たんだし、どっかに寄って帰らないか？」

「いいんですか？」

「大丈夫。コオロギ、持ってないし」

昨夜、江原から食事に誘われた時、コオロギを買って帰りたいので、一度自宅に戻ってから…と言ったのは、本当に何気ない発言だった。だから、彼が残念そうな表情を見せたのが不思議だったけれど、今はその理由が分かる。

江原はデートのつもりで、レプタイルズフェアの後が本番だと考えていたに違いない。何か食べて腹ごしらえしてから、今度は江原の行きたい場所へ行こう。

「つき合ってくれたんだから、江原くんの行きたいところにつき合うよ」

「瀬戸さん…」

瀬戸の言葉に江原は感動したように目を見開き、彼をじっと凝視する。真剣に見つめて来る瞳は恥ずかしさを覚えるもので、瀬戸はそれとなく顔を背けて足を速めた。自分に見つめられているカメレオンもこんな気持ちなのだろうか。そんな想像をして、内心で溜め息を吐く瀬戸であった。

あとがき

こんにちは、谷崎泉《たにざきいずみ》でございます。「緑水館《グリーンアクアクラブ》であいましょう」、いかがでしたでしょうか。気に入って頂けたのを願っております。

さて、今回のお話。舞台がペットショップというのはともかく、裏の主役がカメレオンということで、爬虫類系は好き嫌いが分かれるところだと思うのですが、お読み下さった皆様が苦手でないのを願うばかりです。どうしてカメレオンの話なのかと申しますと、単純に身近で飼育している者がおりまして、その偏愛ぶりを見ていましたら、つい妄想がほとばしってしまったのです。

私も犬好きとして、犬への愛は大きいつもりでおりますが、爬虫類好きの人々の愛もまた、かなりの大きさであるとお見受けしております。作中、江原くんが瀬戸さんに連れて行かれたレプタイルズフェアにも足を運びましたところ、なかなかの熱気でございました。根底に流れるオタクの血は同じだなと、親近感が湧いたものです。(笑)

そして、様々な種類の爬虫類の中でも、カメレオンがこれまた、なかなかに可愛いのです。最初はカメレオンと聞いて「えっ!」と驚き、正直青くなったものの、そのコミカルな外見や控えめな生態に次第に好感を抱いていきました。ただ、やはり犬などよりも飼育は難しく、私のような粗忽者には到底飼えない生き物なのですが、そこがまた、萌えポイントでもあったわけです。

今回、楢崎《ならざき》ねねこ先生に挿絵をお願いするにあたり、楢崎先生が爬虫類が苦手でいらしたらどうしようと危ぶみ、担当にお伺いを立てて貰ったりもしたのです。引き受けて頂けると聞いた時にはほっとしました。その上、頂いたラフに可愛らしいカメレオンが描かれておりまして…！　さすが、漫画家さんだ…と感動しました。瀬戸さんと江原くんも、もちろん、素敵すぎるくらいで…。楢崎先生、ダブルでありがとうございました。

ちょっと難しい題材なのかもしれませんが、読者の皆様にもお楽しみ頂けたらと思っております。担当さんも爬虫類が苦手ではなく、よかったです。色々お世話をおかけしました。最後に、作中のカメレオンやその飼育についての記述につきましては、個人の経験や理解を元にしております。実際においては参考にならないかもしれませんので、それだけはお含み置き下さいませ。

私は犬好き　谷崎泉

ちゅーするのか？
パー子の視線が気になる…
私もカメレオンちゃんと生活してみたくなりました♥楽しくお仕事させていただきありがとうございましたー！
樋崎ねねこ

ガッシュ文庫

緑水館でまいましょう
（書き下ろし）
おまけ
（書き下ろし）

谷崎 泉先生・楢崎ねねこ先生へのご感想・ファンレターは
〒102-8405 東京都千代田区一番町29-6
（株）海王社 ガッシュ文庫編集部気付でお送り下さい。

緑水館《グリーンアクアクラブ》であいましょう

2012年8月10日初版第一刷発行

著　者　谷崎 泉　[たにざき いずみ]
発行人　角谷　治
発行所　株式会社 海王社
〒102-8405　東京都千代田区一番町29-6
TEL.03(3222)5119(編集部)
TEL.03(3222)3744(出版営業部)
www.kaiohsha.com
印　刷　図書印刷株式会社

ISBN978-4-7964-0330-6

Illustration
高久尚子
Shoko Takaku
純情ラブミープリーズ
Please in pure heart
Izumi Tanizaki presents
谷崎 泉
読んだら必ず食べたくなる。
高級クラブでホストを務める快晴は、ある日仕事帰りに「めしや」という小さな暖簾の定食屋を見つける。期待せず入った店内はカウンターのみでメニューは朝定食だけ。ところが、これがびっくりするほど美味い！ しかも「めしや」を切り盛りしていた大将は、自分と同い年くらいの精悍な青年だった。何でもそこそこ適当に生きてきた快晴だったが、「めしや」の味と笑顔が魅力的な大将の人柄に惚れこんで、店に通い詰める事に。ところが、大将相手に淫らな夢を見てしまって…!?

KAIOHSHA ガッシュ文庫

お笑いコンビ「サトスズ」の鈴木律は相方に報われない恋をしていた。事務所からコンビ解散を促されても、重い恋をひきずってなかなか前に進めない。そんな律の前に現れたのは、ラーメン屋開店を目指して懸命に働くフリーターの白瀬だった。「俺がいるんだから一人で泣くな」不規則な生活の律に食事を作り、苦しい恋に泣く夜はそっとそばにいてくれる。白瀬の優しさに触れ、未来の為に努力する姿を間近に見た律は、不毛な恋から抜け出す為にある決心をして——。